出版説明

人是一種會思想的動物，無論是要適應環境，克服生存的困難，抑或爲了生活得更有意義，思想皆不可或缺。在一般的中文習慣中，思想的涵義比"哲學"更寬泛，這種語用習慣的差異，也影響到學者對學術視野的選擇。一般而論，思想史的範圍也較哲學史爲廣闊，雖然很少得到清晰地界定，但它不失爲一種有效的學術視野。

在近代中國學術史上，思想史研究的興起與哲學史大約同時。一九〇二年三月，梁任公在其創辦的《新民叢報》上連續發表了《論中國學術思想變遷之大勢》系列論文，這可能是最早由國人撰著發表的思想史論文。而第一本由國人撰寫的中国古代哲學通史，則爲一九一六年謝無量的《中國哲學史》。這兩本早期著述有其學術史的意義，但其中對學科的性質與研究方法等多無明確的説明。事實上，無論是學者的闡述，還是其實際的操作，在思想史與哲學史之間都不易劃出清晰的界限，直到當代也仍然如此。拋開細節不論，就語用習慣及有關實踐而言，思想史表徵一種對歷史文化廣闊而深入的關照，其研究方法，關注的問題，都較哲學史爲多元，史料基礎也不可同日而語。尤其是在郭沫若、侯外廬等人建立起來的研究傳統中，思想史有明确的社會史取向，或因其與傳統的文史之學有親和性，以至在今天，這種思路仍然很有生命力。

文獻發掘向來是思想史研究的基本環節。爲了促進有關研究，我們選輯多種文本編爲〝中國古代思想史珍本文獻叢刊〞。全編選目包括經典文本，如儒、道二家的經解，重要思想家作品的早期刻本，和某些并不廣泛受到關注的作家文集的舊刻本。本編中也選錄了數種反映古代民俗信仰的文獻，如《關聖帝君聖跡圖志》、《卜筮正宗》等等。這些文本在傳統的學術視野中，多以爲不登大雅之堂，在今日視之，或者正因其反映了古代社會一般的信仰氛圍，而有重要的文本價值。此外，本編也著意收錄了數種通常被視爲藝術史史料的文本，如《寶綸堂集》、《徐文長文集》等，我們認爲對思想史關注而言，範圍與深度同樣重要。

選集本編，也有文獻學上的意圖。中國古代有悠久的文獻學傳統，大量古籍文本的傳刻與整理造就了古代中國輝煌的古籍文化。本編收錄的這些刻本不僅是古代學術發生、衍變的物質證據，也是古代古籍文化的重要部分。本編所收錄的全部作品皆爲彩版影印，最大限度地保存了文獻的細節。其中有部分殘卷，視具體情況，或者補配，或者一仍其舊。本編的選目受制於編者的認識與底本資源，或者有不妥、不備之處，希望讀者不吝指正。

目録

陳章侯先生遺集

寶綸堂藏板

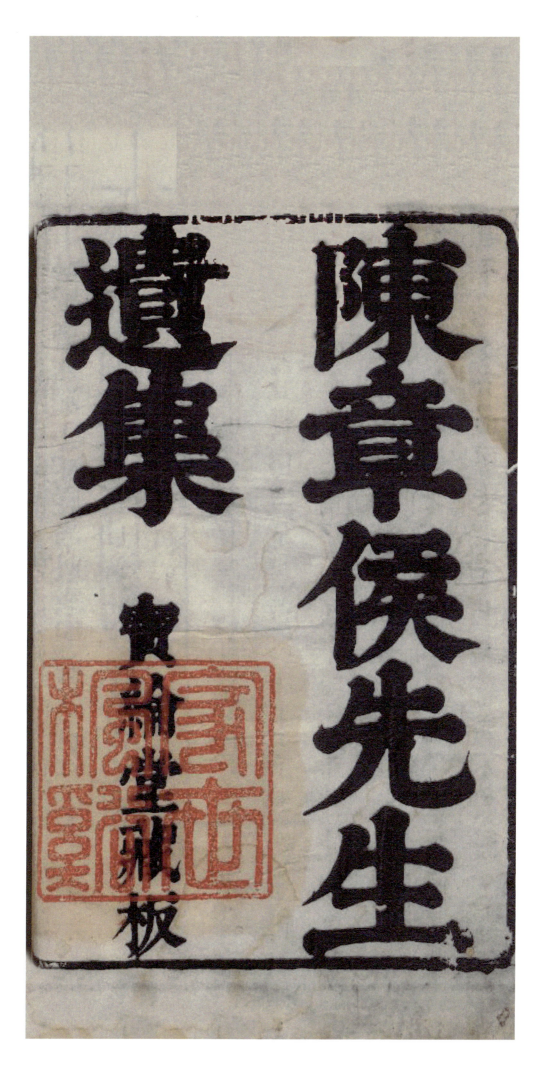

陳洪綬傳

會稽後學孟遠撰

陳洪綬字章侯其落髮爲僧也則名悔遲或稱老遲越之諸暨人也其先河南人自其祖名壽者宋時官翰林學士扈從南渡徙居暨歷十餘世簪纓不絕祖性學萬曆丁丑進士歷官廣東陝西布政使所至有惠政崇祀秦粤間田園貲財亦甚裕父于朝獨隱居不仕讀書苧蘿山下惟事撰述旣與雨東居隆輩學道年三十五而殂先有子洪緒圯傲不類間十數年生綬有道人氅衣鶴髮手一蓮子授于朝曰食此得

寧馨兒當如此蓮而綴於是生故幼名蓮子及其老也名老蓮生而穎異於書無所不讀總角時即有志當世務思以吾力普濟羣生間爲詩文詞落筆清新俊逸不屑屑餖飣工書法謂學書者競言鍾王顧古人何師擷古諸家之意而自成一體十歲時即濡筆作畫老畫家孫杕藍瑛輩見而奇之曰使斯人畫成道子子昂均當北面吾輩尚敢措一筆乎而綴意不在也以國家制科取士顏冉卿雲以他塗進者皆刎貴亦習八股舉子業試即冠一軍聲名籍甚而負奇性傲僻人多忌之當父歿時綴方九歲累世家貲悉

兄緒操管鑰恐弟分所有謀所以戕害之者無不至時時奮老拳而綏執弟道彌謹念兄之意以區區貲財產業耳男兒當自立萬一祖父無尺寸遺其誰與爭余何忍戀戀於此使吾兄有不友之名乃悉讓所有徒步走山陰道上稅一廛僦居焉一時高其行又多其才莫不爭相結納願與締交而望景逐響者則祇重其書畫戶外之求者日滿綏亦未嘗不應藝日精而名日盛而意滋不悅傷家室之飄搖憤國步之艱危中心憂悄遝遝託之于酒頹然自放或至使氣罵坐者人或繩以禮法而不知其意有在也累試不

第天子方開積分之選挾策入國學試輒高等當授
官翰林名滿長安一時公卿識面爲榮然其所重者
亦書耳畫耳得其片紙隻字珍若圭璧輒相矜詡
吾已得交章侯矣綬不禁喟然曰伯玉入京明允辭
蜀不能得之於鄉曲者庶幾于輦下遇之而知我者
亦復愛我緒餘無惑以夫子之聖而稱其多能子產
之賢而以爲博物君子也慨然賦歸甲申之難作棲
遲吳越時而吞聲哭泣時而縱酒狂呼時而與遊俠
少年椎牛埋狗見者咸指爲狂士綬亦自以爲狂士
焉明年江干兵起魯國據東浙隆武擁閩粵素聞綬

名爭徵名或授以翰林或授以御史綬笑曰此固爛羊侯尉也余所以混跡人間世者以世無桃源耳卽王侯將相鐘鳴鼎列古人猶比之郊犧者而謂余爲此乎時擁兵江干有向所同遊少年取財餉軍恣行擄掠見先生則懾然斂息讓以正義亦屏氣從之故時時爲排難解紛多所拯救人比之魯仲連焉遺臣馬士英以纁帛玉斝卑禮求一見閉門拒之浼綬好友乞一紙終不可得有老軍出尊酒索詩畫酒盡而揮灑成大兵渡江東卽披剃爲僧更名悔遲既悔祿祿塵寰致身之不蚤而又悔才藝譽名之滋累卽忠

孝之思匡濟之懷交友話言昔日之皆非也遂專攻西竺氏之教往來洞霄天竺間顧以宿望卽改名易服屐屐所至一時公卿紳士無不蹤跡而得要路扳輿得一見顏色爲重歸命侯田雄建牙浙中勢燄赫奕冠蓋慴懾而擁篲郊迎則一憔悴布衲田執禮愈恭綴辭氣益脫率豪韃環侍者莫不動色駴愕而雄則喜若登仙爲餽以金帛則不受督學使者李際期中州奇特士知綴家窶困強委三百金以周之反之不得綴喟然曰余既爲僧已無家矣爲僧而復與士大夫交無以利往是僧以爲家也庚生素知我而奈

何出此乃列其鄉里平昔交友之窮困者計其緩急以爲厚薄瞬息散遺盡家駱駱待舉火不顧也時兄緒猶獨擁阡陌其子有以祖宗遺産爲言者則曰崇禎之天下非祖宗之故物乎誠其子愼無言自披剃後卽不甚書畫不得已應人求乞輒畫觀音大士諸佛像有稱其必傳不朽者則曰是固余之所悔也杖履琴書適然自適向之怨尤悲憤頹唐豪放之氣悉歸無有歲壬辰忽歸故里日與昔時交友流連不忍去一日趺坐牀簀瞑目欲逝子婦環哭急戒無哭恐動吾罣礙心喃喃念佛號而卒年五十四子六義楨

峙楨楚楨儒楨　楨道楨儒楨後更名字字無名力學厲行性慷慨篤交遊其書畫亦能紹其父痛其父著作俱不存藁酬應時每矢筆揮灑殁後四十年而於故人唱和與夙昔交游留傳筆墨間搜集詩詞若干首梓行於世而其論古衡今諸論策終不可得慟哭曰余父誠不欲以是見爲子者安可沒吾父也客遊者久歸省其墳墓則洪緒之後巳式微而鬻諸人字理而反之曰此祖宗魂魄之所依不可以義讓也

贊曰遠先人與先生交甚厚其天性孝友經世之大節時時言之余少猶得從先生游讀其文見其咏歌

之志何異離騷天問所謂書畫者亦一時興會所寄耳而世顧以是爲先生重也悲夫古人固有事在此而意不在此者而徒以跡求然則先生之晚而逃禪誦經念偈豈眞爲衲子也哉而且以其生也有自歸也有因稱之爲再來人也蓋亦重可傷巳

陳章侯先生詩文遺集序

昔顧虎頭戴安道王摩詰鄭虔諸君子皆以卓犖名流兼書畫而工詩者也今古才人鍾山川之秀抒筆墨之靈一唱一詠一點一拂莫不絕去風埃凌雲超漢使後世之人想望風采知爲神仙中人豈富貴之所能污貧乏之所能困乎吾鄉章侯陳先生居諸暨之楓橋世系華胄自幼能文章攻舉子業天姿高朗喜作畫畫法古人最上乘不入吳下一派喜結交以朋友爲性命每文酒高會輒醉醉必歌詠自豪掉頭不輟又常就試南北雍行李車轍所至交游雲集而

登臨投贈之作思如泉湧然其落想如烟雲如氷雪逍遙跌宕非塵夫俗子所能道隻字誠詩家逸品也迨甲申之後傺侘無聊益潑銅駝荊棘之感幅巾方袍放情于雲門薄隖及西湖三竺之間懷抱落落遇多不合雖卿相王侯無以奪其孤潔之操故凡忠孝道義慨慷鬱鬱不平之氣一寄之于詩又花晨月夕高士名僧與夫黃衫俠客記歌紅豆之女郎促席銜觴神情酣鬯亦必有詩詩成即揮灑于側理便面或有求書于綾紋牋冊者不可勝紀而其作文亦必名言確論舍腴吐華出于至性所關並非泛泛所應酬

惜乎其詩文未嘗留稿卽偶有存者自頻罹兵火散漫殆盡今嗣君無名卽幼字鹿頭者抄彙成帙益從友朋親串中什襲而收藏者又或于四方舊雨士大夫珍重而遺留者不憚風雨歲年搜求遠僻計得近古各體共若干首文若干篇登諸剞劂以傳不朽嗚呼無名之孝思誠勞且苦矣至于先生之品格生平盡悉于宣城愚山施公傳中古人云詩文如其人信斯語也

康熙三十年歲次辛未八月上浣通家姪羅坤書于吳山客館

[illegible]詩

[illegible]五十年矣未入月上[illegible]

[illegible]者也

[illegible]余于[illegible]古人之[illegible]

[illegible]之[illegible]名[illegible]者矣[illegible]

古今詩矣若干首文若干篇[illegible]

以[illegible]而[illegible]者[illegible]

[illegible]而[illegible]于四[illegible]

[illegible]入[illegible]

[illegible]文人[illegible]有

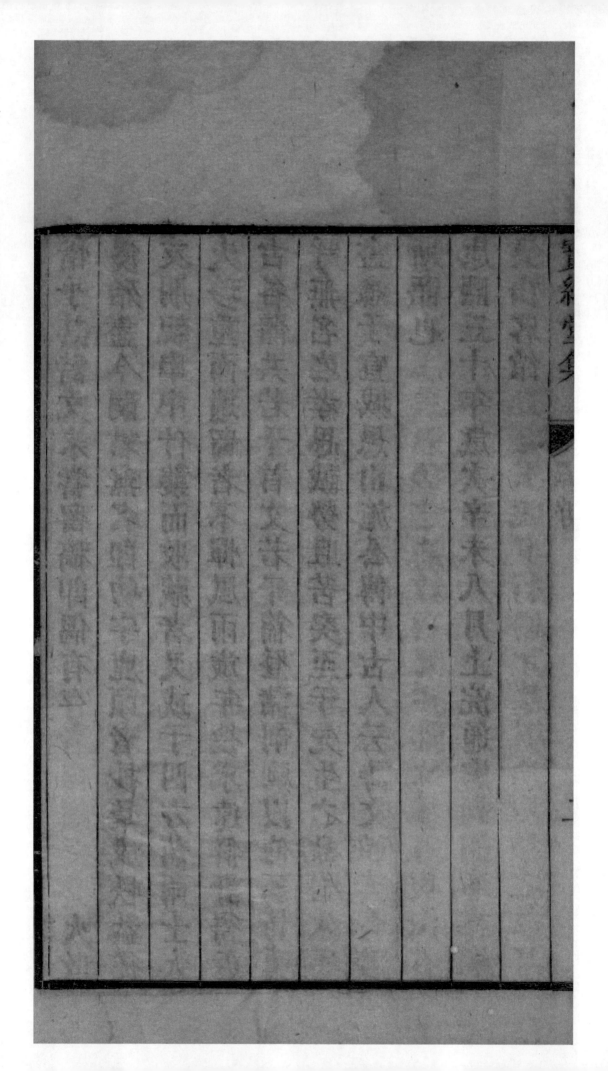

陳章侯先生遺集序

諸暨陳章侯先生古之狂士也沒後三十餘年嗣君無名翁始爲捜輯生平詩文共十卷鏤版行世予讀之不勝慨慕焉昔孔聖思中道不得而必與狂者謂能進取不忘其初誠哉是言也蓋狂士之志行固非末俗之所能知抑豈庸儒所可幾及耶吾觀有宋名賢蘇黄蔡米四君子不特以文采風流輝映一時若端明之忠義君謨之惠政自足垂諸天壤且與山谷之詩翰南宫之書畫千古並傳顧當時獨謂米爲顛何哉乃淺見之夫泥其行跡不察其所以然之故耳

雖然顛之有類夫狂也奚足爲吾道累乎明季范公長康著襄陽志林陳徵君仲醇爲之序有曰米氏之顛談何容易顛不虛得大要浩然之氣全耳吁知人哉予聞近人亦謂先生曰狂先生於甲申變後絕意進取縱酒使氣或歌或泣其胸中磊落之概託諸詩文奇崛不凡翰墨淋漓繪事超妙頗自以爲狂者較之顛米又何讓焉至其性篤忠孝任眞自得每見古人嘉猷遺烈輒復面赤耳熱其不忘本初如此或交友賢豪恥從俗態鑒賞奇秘禔躬廉潔無一不肖南宮即如晚歲逃禪首丘順化視米老預製一棺焚香

晏坐及期舉拂而逝同乎異乎仲醇所云浩然氣全吾必歸之先生元章之後一人而已學者於是讀其書誦其詩不須排纂志林可以考見其氣節當奉爲矜式嗣君之孝思慰矣愧予末學踽踽凉凉徒爲鄉里小兒所非笑不敢附先生之後而僭爲論述聊識景仰之私并質之無名翁以爲可否

康熙歲次乙酉禊月朔日鍾山後學八十叟胡其毅

頓首拜撰

[illegible]

寶綸堂集

暨陽陳洪綬章侯著
男字購輯
孫豸對讀

序

潘無聲襍詩敘

予輕諾寡信每不能緩急朋友潘無聲與予非深交丙寅夏秋閒予寫佛湖南無聲因畢繼之過予商畧風雅八九年來不得一握手聲音聊寄于繼之往來聞去年予寓斷橋無聲數過予索予誦湖上諸詩予

弟示其一律去復邀予入兩山予以救饑故辭去今年孟春闕子早過余楓溪寄無聲秋樹詩三刻并無聲書見索予序者予病目兩月不即序予早弟爾康來道無聲三月間化去予嘆惜悔恨負此良友無聊之思欲序其詩以傳之予何能傳人傳無聲在有張卿子諸君在弟序予之負無聲與無聲之吟詠卒歲者而已無聲能文章當道有力為薦引不幸輒見斥能便棄去不守牖下而老死得行歌山澤沉湎聲色殆三十年而終無聲幸矣無聲才人不遇輒嘆其不幸放浪輒慶其幸也悲夫當今之世又多乎哉乙亥

仲夏諸暨陳洪綬書于借園

蕙翁先生七十序

乙亥二月十七日乃蕙翁先生七十歲也綬於上元日聞之喜謂先生曰壽哉樂乎先生揶揄曰我老縫掖不識所以爲樂綬請爲先生言老人有樂者又有憂者試先言其憂者彼小人或倖得貴富反道悖德世亂四國衆目指之吳越可起于几席者其志慮危疑年愈高而愈深矣若夫君子敦倫而杖仁義無履凶之道魂魄手足和暢康寧一日有一日之享百年有百年之享矣憂無過于彼樂有過于此者乎先生

自思七十年閒孝友之道有微損否然諾小信有少負否未嘗以口過而賒讐于鄉撝謙以與人大度以容物鄉黨宗親語及先生有不稱爲長者長者者否曾何事足令其心煩意亂耶又使開老爲先生子言行不一如先生業祖亦爲先生子嗣先生之兄二老人服勤不一如先生將奈何觀其躬耕勞瘁面如死灰色老人見之涕泣先生于夢覺酒解時試再思之壽哉樂也先生曰差足以謝犬馬之齒矣予爲我敘我即飲子於溪山二十四日黃昏命先生之女弟子粹禎溫酒童子犬子義楨捧硯峙楨執燭楚楨伸紙

書于退居

劉進士文稿序

洪綬習讀未醇每歎風雲不與見永侯爲聖賢性命之龍與虎际吾黨者十年一日飛去始有鹵莽而耕之悔嚴復有安于義命之言以欺人也願學永侯爲聖賢性命之文自今日始永侯今有民社之責吾黨不復以聖賢性命之文求之永侯亦自今日始不知吾黨不復以聖賢性命之文求洪綬尚有時乎辛巳暮春盟弟陳洪綬書于長安蕭寺

壽太母范夫人七十序 代槎菴先生作

古豈少節婦哉能使人爲節婦者少豈少保孤而爲縉紳者哉能使其子事其孀若母者少豈少毀面抉目以砥節哉衣食不給舅姑不容安其室者少節婦

范母朱夫人敬升之母也敬升先君子歿時夫人廿一歲敬升週歲病弱不能走貧無以資身又無以事舅姑舅姑又難得其懽心父母百計誘奪其志夫人抉一目乃止時敬升之叔喪其孀汪碩人十九歲父母以無子欲奪其志碩人遂以鐵搥碎其首又夜經于閣爲夫人所解夫人爲請于長丈曰志不可奪奪必死與其死與奪志之日不若死于守志之年愛其

女而至死不可今日之欲其再適者非爲無子故爲
無衣食故爲不能永矢故乎吾子若彼子教子事彼
與吾同小室一燈與之紡績洗鉛華謹言笑日講守
節之難必能善終父母乃已夫人乃與碩人共處如
所言敬升爲諸生時筆耕舌織以事碩人亦如所言
戊午四月郡邑父老諸生爲請表揚于當道當道歲
給米辛酉敬升舉鄉進士請當道表揚于朝廷明時
尚德必允所請焉丁卯秋六日乃夫人七十誕辰諸
暨陳章侯爲吾壻與其兄亢侯乞壽言于余余曰爲
壽言必多文文者爲無實德而粉飾者也夫人有實

行可書乎章侯詳述始末予直敘其始末不文一辭卽欲文一辭不得然何以報二侯之請願於拜舞堂下時三誦曰蕭山來子曰夫人眞節婦中之最少者

壽槎翁先生六秩序

天啓六年八月二十有六日爲槎菴先生六秩之日某介眉壽于先生執匜拜言曰人有可以報壽者享大年斯美矣報者何天錫人以平格則屬之以道學宗績業光于今古者也豈徒厚其飲食齒髮而骨如嬰兒者耶聞先生少時遊學四方從之者贄百金光生無私財歸之先君子以給養諸兄弟弟兄有謀獨

襲者先生破其釜此先生之道也先生著書有論語頌括古頌大小乘史乘家乘諸篇此先生之學也當山東盜起時先生數月悉平之此先生之績也先生享大年斯美矣若不永其事而永其年猶寄生然者

呂吉士詩序

余於戊午與吉士遊吉士與余同年生予長其十餘日常見事余余見其詩有脚頭尋野趣之語直言有中郎語氣又用諱字嫩結語有不妨烏帽斜甚弱後宜去此十年來來往疎遠聞爲詩日長今年飲酒湖上讀近作有似香山者有似東坡者老格淡韻漸近

自然戊午諸病盡去吉士可謂信予極矣然予今日之信吉士亦極矣余每于試蹶後輙多怨恨悲愁之語不能如吉士曠觀與余同飲同詩無一怨恨悲愁之語是知命人也不以朝槿之榮爲眷眷是有志千秋事業人也曾子固曰吾儒胷次惟讀書能寬大吉士之詩工以讀書故能不爲愁恨悲怨語以讀書明理故劉後村曰詩以人重吉士詩即工矣而不能爲曠觀人毋取也予詩人皆許可予所自不許可者爲怨恨悲愁之語今見吉士當不復爲也吉士兒事余益余者多多矣

壽樓夫子五十序

小子聞壽也者道也道存與存道亾與亾者也生有益于人沒世無害于人生無害于人沒世有益于人有功而後人法之志不遂功功不充志而後人繼之永不能忘謂之壽今夫天雨暘時若人乃懷天道極天道乃永旱乾水溢人乃憾天道尸天道乃促可以相天道之壽今夫地樹植使人好地道厚地道惟貞潤濕使人惡地道謙地道惟凶可以相地道之壽今夫人唐氏虞氏皋陶氏夫人而頌其文德夏桀氏辛紂氏祟虎氏夫人而棄其穢德人道博人道以亨人

道逆人道以折可以相人之壽今余夫子稽古六徵若用於王家世世作式厥壽無疆乃懷寶于田日月必戚其惟聽余小子言弗鬱耄耈尚念黃口矧我戎寇力爭幼冲之君皮弁而四征艱大民不靖夫子入官則踴躍振旅入方永清俾萬方歌舞壽莫休焉至于在野[redacted]九野以敎子弟子弟象賢不替其謀猷世賴以寧壽莫遠焉夫子若以爲播棄之黎獻隤厥志讓厥功不正國安人不輔直子弟後生偷爲無益而有害後人怠之雖頓十之年何久乎朝菌凝于道壽斯悠久克配天地夫子勗哉

爲劉侯壽序

月日豈弟某某某爲劉令懸弧之辰屬綴爲辭以爲壽某君侯之壽豈以歲月之深長爲壽耶夫以歲月之深長爲壽者凡夫之生若君侯則壽之史冊壽之鐘鼎壽之歌頌斯爲大年今日者不過小年耳何則觀君侯從陳節度公之來也挾弓持矢率鐵騎千人箕張而來無一人敢取笠以覆蒭糧者時越郡恇怖節度公躡跋鋒刃肝胆手摩而躬撫之如郡縣官等小民尚墐戶懾竄君侯則力達大家與都鄙之隱氣息交通商賈又初集越中無賴事椎埋者數十百人戎

服佩刀習北人語言號從軍徤兒星布四處白晝奪
貨物于市郡縣官不敢問君侯乃手縛數十人鞭笞
交下榜其長髯大腹者于通衢市肆始靖帖夏間城
中變起君侯不暇裹甲第帶矢兩房左手揮千牛刀
右手挽鐵胎弓乘惡馬當大道立指揮斬捕諸將聞
劉將軍且至氣力亦大奮斬木揭竿之徒皆鳥獸散
凡無辜而縛至者輒放去後城中僞言風生盜起寨
路選鐵臂熊腰捉生數十人早夜俱臥起暴露于古
寺之外風雨不少休鬼蜮且潛蹤若嵊縣之役君侯
弟擒其渠帥放赦脅從有挾仇讐而持其短長者重

刑之以絶萌芽邑人至今有劉侯活我之稱諸暨之役君侯下令有敢妄殺一人者連隊斬之以故君侯所部卒非帛面操挺之夫不妄發一矢暨人亦有劉侯活我之稱弟以道家之言推之好生之人必獲上壽君侯之鮐背鶴髮固不待言然而輝史冊勒鐘鼎傳歌頌吾請以曹彬耶律楚材望君侯敢以是爲壽

姜綺季手録陳詩老蓮自敘

綺弟以老蓮詩送愁不知老蓮與綺弟四月間坐吳山望西湖坐西湖望吳山筆墨半作佛事綺弟消老蓮躁氣老蓮增綺弟壽學僧不必高不拈公案吾得

一無又道不必仙不談龍虎吾得一善長客不必才子逐名航吾得一茂齊雖刀槊聲時一入耳步虛聲梵唄聲韻語聲吷而去矣何愁哉所愁者沈石迸將復走吳邨老蓮不能周其老母病兒兒阿琳以盜賊枳道不能與我共文酒朱仲軼眷戀曲池又強廻筆端作選體詩以換酒食招呼之未必肯來孫竹癡孤兒寡婦朱訒菴金衞公孤兒幼女未必能周恤然見綺弟使濟之今贈弟無愁道人弟拜之否辛卯中元書于西爽閣

自序避亂草

弗遲自五月之役逃命至鷲峰寺從鷲峯至雲門結茅薄塢患難中猶不失故吾筆墨灑落得詩一百五十三首殘落者强半陶去病祁奕遠奕慶頗惜之屬余于穀兒子鵞子集之原不成聲因無工拙人忘僧喜有何去留成帙除夕自酌而歌曰五月六月間其知得生者歟五月至十二月間其知死而復生者與知携手高士老僧晨夕相倡酧者與此一百五十三首非稽中散聽日影之琴聲者與過此以往知有今日者與知無今日者與丙戌除夕書于秦望之竹樓

題來風季離騷序

丙辰洪綬與來風季學騷于松石居高梧寒水積雪霜風擬李長吉體爲長短歌行燒燈相詠風季輒取琴作激楚聲每相眎四目瑩瑩然耳畔有寥天孤隺之感便戲爲此圖兩日便就嗚呼時洪綬年十九風季未四十以爲文章事業前途于邁豈知風季羇魂未招洪綬破壁夜泣天不可問對此寧能作顧陸畫師之賞哉第有車過腹痛之慘耳一生須幸而翁不入聄陵欲寫吾兩人騷淫情事於人間刻之松石居且以其餘作鐙火貲復成一段淨緣當取一本焚之風季墓前靈必嘉與亦不免有存亾殊向之痛矣戊

寅暮冬諸暨陳洪綬率書于善法寺

贈陳庚卿入國子學序

事親之道有二曰榮曰安榮固不上于安也何以言之古今士大夫貪功名者以諂媚進以貨財進榮其親爲上柱國諸大夫一日事敗身罹憲刑削奪及其親其親憂悸者不可數事未敗時莫不以爲能榮親人亦以爲能榮親相羨慕之也陳庚卿者予畏友同宗兄也食餼不十年可次貢其闇遇恩典可期選數就官則府州縣學不與羣吏等兀兀窮年者半生有此一日亦少慰也庚卿愀然曰吾母老矣若不得受

升斗養奈何吾寧賣田入國子學幸而得第不幸則筆耕舌織或得上納爲一縣丞衡州判官使老母飽官飯一盂願足矣吾豈不知貢途可叨封官爲正途哉與其欲榮親使親不能待親能受榮而反得辱孰若此小就之已矣庚卿可爲降志屈身以廣其親者于辛未二月三日行矣予無以贈行庚卿曰願得一言予遂書其意如是語云事君猶事親也庚卿勉之哉庚卿勉之哉

重脩陳氏族譜序

吾家自翰林公作譜始則有典膳公修之曾祖封方

伯公廣之吾兄某修之而廣之凡疑似依附者悉去之吾兄某不肯擅其美命綏同刻屬僭序焉善哉蘇文公言曰觀吾之譜孝弟之心可油然而生矣昔翰林公作時吾家僅百餘人作後百年間幾千人矣何以獨典膳公一人爲之修修後三十年間幾二千人矣何以獨封方伯公一人爲之修修後三四十年幾五六千人矣何以獨我兄某一人爲之修又何以人愈衆修愈急而修之之任若是其難耶吾知之矣封方伯公典膳公之孫也兄某封方伯公之曾孫也祖孫繼述出于一家于以徵其孝弟所開基者耳當知

譜之聚散實係孝弟之存亾

孟叔子史發序

古今文章有國賊巨奸而稱說賢聖摘發僉壬其口不如其心者故以文章匿其情事人亦第玩其文章而幷賤惡以其文章市名譽乃恣肆其奸惡也仁人善士而稱說賢聖摘發僉壬其口必如其心者故以情事爲其文章人豈第玩其文章而併嘆慕以其行事務文章載歌詠其懿美也會稽孟叔子無賢愚少長皆知其爲文人予與友善稱相知逮仁人善士非與史發之流傳不在是與其議論高卓精詳者予與

社中諸君子悉評之不贅

張平子品山拈序

吾想天地之生名山大川以鐘毓聖賢豪傑文人才子大則道德禮樂節義事功小則文辭翰墨百家衆技豈以供人塊然血肉之軀鶩帆馳馬買伎徵歌酒肉淋漓喧囂怒詬而已哉吾又想人之生于名山大川或流覽或卜居亦當不負天地置身之意立德立言立功立身雖雕蟲小技亦足以自見爲可矣吾友張平子讀書爐峯天瓦厂放舟鏡湖道士莊得文數十首冲夷靜遠學養俱深題曰品山拈庶幾不負天

地置身之意也夫平子不負天地置身之意止于此耶

粤遊詩序

此家兄以方伯公名宦事走五千里瘴海盜賊中危疑憂懼而得之者也其詩固清新秀麗可歌可詠可刻之以行吾善斯舉也有三焉夫詩即不清新秀麗但爲方伯公名宦事走五千里瘴海盜賊中危疑憂懼而得之者刻之不羞吾輩飽食安居付祖父俎豆盛典於罔聞者乎一也又爲方伯公名宦事走五千里瘴海盜賊中危疑憂懼而得之者刻之不大過人

之盤樂山水薄遊江湖而得之者予二也而況詩之清新秀麗有不待以方伯公名宦事走五千里瘴海盜賊中危疑憂懼而得之者以取悉者予三也

奉觴　叔祖大人五十壽序

某見天下之不能敦睦周親者必其不能咸和庶民者也能敦睦周親者必其能咸和庶民者也某憶四五歲時爲鳩車竹馬之戲叔祖便欣然身先之十八九歲時知聲能歌曲叔祖便與擊鼓按拍二十歲外嗜酒學詩喜草書工畫叔祖不善飲便引滿買紙索命書所得諸文爲折寫得一樹一石璣璧不能易其

愛見某出處跋躓少有聲譽便分憂喜某不事禮儀酒酣或與叔祖爭坐叔祖且樂爲狎叔祖撫某殆朋友者然此雖叔祖溺愛于某然于周親亦無一事之乖離且無辭色之相忤今五十歲矣五十歲如一日周親無不敬而愛之今天下苦淺削久矣叔祖行將十仕進不知何地受其撫字焉時乙亥四月二十六日姪某頓首百拜書

題花蘂夫人宮中詞序

眉公先生序其刻有關諷諫之語是也若詩文有不關諷諫者當不刻有關諷諫而不佳者刻無失則世

不傳佳詩文矣不知古來詩文有以其品重而傳有其人不足傳而文詞絶妙與六經諸子史不朽者非天憐才而人復憐之精靈若謀而成者乎夫不憐才已矣誠有憐才一念不必論其人之高下貴賤卒當傳之夫人卽不一劍死而又逮宮中奢侈之事華靡之費敎後世於淫佚其人無足稱固矣然男子而若是者輩輩烏可以責婦人男子而若是又無夫人之才詩文蕪陋行于世者又輩輩婦人而佳者可不傳歟夫人又婦人之才之難得者可不傳歟吾兒斯刻或斯意歟人曰亢侯旣憐才勿論其高下貴賤如文

姬季蘭之流詩文散失不可數即有梓而行者板朽字損訛失莫訂無有能繡梓者奈何舍諸而獨爲夫人傳魏武楊廣之流詩文散失不可數即有梓而行者板朽字損訛失莫訂無有能繡梓者奈何舍諸而獨爲夫人傳者何也吾則應之曰詩文之傳與不傳猶士之遇與不遇也有因緣在焉吾嘗恨窮士之詩文佳者莫重而獨重縉紳之詩文不佳者今見吾兄刻夫人之詩而深悟才人不終泯于世而詩文不爲人重遇有因緣何必感歎

日課自序

予多作詩稿多失去長公來髯常惜之癸亥遊天津得數百首歸來餘其十之二三長公梓而存之戒予後作毋失予曰詩苦不佳品復無稱今以長公命故勉遺其穢後當覆諸醬瓿耳長公曰是將慢我予謝曰古人不德厚爵而死知已予敢不重君愛而固埋其瑜乎請存其稿以俟君之痂癖故有是脫稿若打油鈸丁之語來髯不得辭點鐵之勞也何者惜予之詩得無惜予之醜露哉

[redacted]

吾家有老嫗產四百畝無子不容夫裔妾持刀欲割

夫執刀救得免夫憤而死絶嗣無肯繼其後者焉產盡寄食女家女之姑嫜姊姒輒受其讒間衆逐之去乃行乞吾不知其爲妬悍婦多與之錢穀脯豉之類亦無不與之後聞其故每至只與米一升後日一至減至合也豈非德色布施耶皆吾忍情用此法以戒婦人之欲絶其夫後者昔見野史 太祖高皇帝時功臣之婦老病無後者來請祿米怒曰勑給與木梳子一木杖一曰朕與諸將輩血灑弓刀將同世世富貴女曹皆滅我功臣後者可每月朔望詣諸勳臣門匄食以警將來嗚呼大慈大威可不敬遵之

吕衡伯何山讀書賦序

有志者未有不虛懷下人以受教者也隰朋夷吾至師馬與蟻欲自居前輩者不可不竭誠以教其來學者也伶人如曹善才登李暮吹篴有聲欲教其琵琶自度一曲故誤其律而彈之暮疑之而不敢非拜而請之善才喜曰此子能屈畢如此當以秘要盡授之暮復以琵琶爲諸伶師衡伯者廼予友呂叔獻之子少年博學其爲何山讀書賦自楚辭兩漢六朝唐宋諸家氣之厚薄詞之清麗局格嚴曠翔字流言無不錯列妙在薄者有遠韻厚者無滯筆清而不槁麗而

不膚嚴不束曠不野有典有則亦不盡倣古不盡我作祖隨其意之所止孤行而已刻成非欲市名也將就正辭家以予爲其父交雖無學識必能竭誠而問可于予并乞書其首予始欲辭之曰君少年當刻制義奈何攻外務我既爲君父交當戒君作豈復爲之敘耶既而思之天下未有經書不通舉子業不鍊而能爲風雅者雖不見其制義見其賦可知矣廼受其請直指其某句佳某句不佳某字佳可存某字不佳不可存改擬商確不過數十字庶可以就正辭家矣衡伯非有志而虛懷者乎予亦非以先輩自居而竭

誠者乎若自信而耻問不惟不能如伯者之佐且不
及伶人矣吝教而且餙辭不如伶人亦非所以待叔
獻父子矣若使天下如衡伯之虛懷予之竭誠師道
変道必復振矣戊辰夏日洪綬書于雲門艇子

[illegible]書千餘門[illegible]十

[illegible]而伯之業與千人游者[illegible]道

[illegible]輔不敢令人求其所以待之

[illegible]今雖不能與伯者之承且不

寶綸堂集

暨陽陳洪綬章侯著
男字購輯
孫豸對讀

傳

新安戴龍峯先生傳

先生諱樊號龍峯新安海陽西鄉之雙溪人有意智而好樸厚愛人而用直言能散財而不爲無益之費緩急州里而耻有德色者也其意以爲才思乃道家所忌文彩徒悅人耳目不敢亦不屑也以爲今人少

愛人之心卽有之無切身痛癢雖言必多忌諱畏佛
人之心重而不虞直道之不信也以爲後世不慕施
與之風苟知誨盜之說不過起名園畜聲伎酒肉淋
漓形神醉夢生死於嗜欲而已豈知所謂市義者哉
毋恨結交未遇之先而有富貴毋忘之語是竊義之
名而漁利之實者也又有一杯飯而居孟嘗之尊一
援手而附郭解之列是乘人之急而沽己之名者也
皆市道也黃金可贈不求許心貿首解讐我名何告
吾豈能損己之財與力而殉人之身與家哉吾自愛
吾之義故如此凡焚券代贖之事老女髭僮之配鼓

舞先之鄉壤若無鹽先生首爲通有無僻地化爲大都居民誦之晚年明眎聽健食事走逮奔馬生奇慧之子人皆曰天之不負善人也先生之幼子茂齊二十年兄事洪綬屬洪綬以爲傳者以人皆知洪綬之不肯爲諛墓者也

陳洪綬曰夫以散財結客者客愛其財而我享其義若儋客以貴我也奈何鄙吝之夫多此愛我之不如愛財也財可愛乎人賤之鬼瞰之盜圖之奴名之先生蓋以財而善其身爾

茂齊謂洪綬曰先君子七十一歲生不肖八十七

歲棄不肖此時日就外傳不能備述什一實痛於心洪綬亦先君子三十五歲棄不肖不肖纔九歲不唯瀚衣淨襪不得親卽折蘗流血不得受每見人之父子傳經身事菽水者不知淚之淫淫下也先生猶及見茂齊婚而生孫女先君子竟不得見洪綬成童茂齊無先生之樸貌而有其樸誠讀書之暇治生產業衣食貧交伺其意思不敢聲氣相加士林歸之洪綬失先君子之教田園榛莽又血氣用事不容匪類多失色於人二人之父均無劍咡過庭之訓若茂齊之父雖死猶生洪綬之父雖

生猶死存乎人之能東脩與不能東脩爾洪綬不必問天而弟責諸已不必痛父而弟師茂齊先生有德生茂齊也先君子有德而乃生洪綬天乎天乎

槎庵先生傳

先生捐館二年長君𪗇大夫謂洪綬曰先方伯非子不可傳傳屬子矣洪綬思孝友文章道德治績可垂之史册者有大人先生墓誌神道碑銘中矣其曠懷古心逸情遺事洪綬十七歲即侍先生几杖多能誦説似非洪綬不可傳故作槎庵先生傳

槎庵先生諱斯行字道之號馬湖閩右方伯越之蕭山人脩眉長目目燁燁而慈大耳下豐爲人和厚簡易雖卑賤之人可得以情告之者不欲傲世而高情遠舉俗自不可以得錯處以故少年有恃才狂士之稱每自喜志大遇遲當老其材數與市中小兒攫飲食醉後輒披髮長嘯讀書務實用累給事副考浙中請先生潤色試錄先生褐裘入岸然直書給事驚嘆去當是時講學日盛先生見儒學與佛氏且吾作一家言通二宗旨後被謫先生嘆曰虜在目中客有笑之者正色曰直當與奴兒相搏明年果有山東之役

矣及次君遊擊將軍卒先生拊膺號哭曰非哭吾子吾而折翮其能殺賊乎乃作一舟放之白馬湘湖間絲竹陶寫改讀書臺爲伽藍飯一老僧卧起與俱晚年嘆學士爲文畔經不讀史多論議天下事故采拾經史嘉惠來學三年窮日力而爲之書成病作垂訓孝弟而卒陳洪綬曰學而不能用楊雄曰説銓書肆先生葢有本之經綸也先生故善書而不欲以書名能騷雅而不屑以騷雅稱先生昔見湯若士先生諸辭曰徒勞才智乃卒於聲歌可惜哉夫人官至方伯業至平賊不爲卑且小矣以先生之才量之位不過

方伯業不過平賊也嗟乎覩先生之所自負自期位不過方伯功亦不過平賊先生其能已於懷乎

好義人傳

好義人老蓮經營名航三十年必不能得偶或有之非時勢可爲卽名根相偪彰彰示人耳目之後輒聲銷影沒矣不幾一爲德不卒之人與啗名客哉不意横流之會得一歌者爲梁小碧名士豪蘇之長洲人髫年爲吾友王玄趾所賞音日夜與之飲酒行文無小碧則意思不發遊山無小碧則杖履不輕小碧又日夜就玄趾談其整飲筆牀茶竈日四五通不倦也

人皆譏爲兩癡絶人兩人益自喜者十五六年乙酉夏留都失守玄趾以諸生殉節柳橋之水小碧設位於其家朔望上食令節諱日則刲雞灑酒必邀其伯仲遺孤與其性命之友爲某某者飲於讀書處即不淚雨雪面然強爲言笑益令人不敢仰視也又時時以餅餌果蔬餉諸遺孤前所譏者始知兩癡人能爲兩義士無不多小碧而傳爲美談洪綏曰 烈皇先帝寵眷羣臣或官爵崇顯心腹未孚然其名義所屬如子之事父豈從慈愛有差等而子職亦有差等哉甲申至巳丑幾六年所不聞有一草莽孤臣於清明

寒食以一盂麥飯望北風而澆之者

寶綸堂集

暨陽陳洪綬章侯著

男字購輯

孫冢對讀

論

畫論

今人不師古人恃數句舉業餖丁或細小浮名便揮筆作畫筆墨不暇責也形似亦不可而比擬哀哉欲微名供人指點又譏評彼老成人此老蓮所最不滿於名流者也然今人作家學宋者失之匠何也不

帶唐流也學元者失之野不遡宋源也如以唐之韻運宋之板宋之理行元之格則大成矣眉公先生曰宋人不能單刀直入不如元畫之疎非定論也如大年北苑巨然晉卿龍眠襄陽諸君子亦謂之密耶此元人王黃倪吳高趙之祖古人祖述立法無不嚴謹即如兒老數筆筆都有部署法律大小李將軍營丘白駒諸公雖千門萬戶千山萬水都有韻致人自不死心觀之學之耳孰謂宋不如元哉若宋之可恨馬遠夏圭眞畫家之退群也老蓮願名流學古人博覽宋畫僅至於元願作家法宋人乞帶唐人果深心此

道得其正脈將諸大家辨其此筆出某人此意出某人高會不亂會串如列然後落筆便能橫行天下也老蓮五十四歲矣吾鄉並無一人中興書學拭目俟之

識感

大兒豹尾誤入少年場産業與居業都廢老蓮恨不撲殺之今年頗有三害之愧拔步少年場爲老蓮收拾詩文手足相勞者兩月老蓮便有舐犢之愛矣使先君子在時前見老蓮老大無長進不能自教兒子嘗亦有撲殺之心今見老蓮耕田種樹矣寧無查梨

之賞乎幸哉豹尾乃得身受之矣痛哉老蓮何得之
寤想而已矣晦日書於青藤書屋

太子灣識

自丙戌夏五月晦始每經前朝讀書處則不忠不孝
之心發而面赤耳熱眎其身至舞象孫供奉之不若
矣吾得爲人曾橫生之不若猶未可傷憐者乎已丑
春正月至吳山乃山水都會聲色總持當吾樂忘死
時想吾生雖乏聰明亦少遲鈍五車不足百字有餘
書卽不工頗成描畫畫卽不精頗遠工匠文卽不奇
頗亦蹈襲詩卽不妙頗無艾氣履非正路人倫不虧

遇非功勳醉鄉老死無絲髮之德而蒙上帝之寵眷隆渥殆過於積德之人

寶綸堂集

暨陽陳洪綬章侯著
男字購輯
孫豸對讀

記

遊高麗寺記

蘇長公爲高麗寺伽藍老蓮每入寺多蓬首作禮想其風韻詠其文辭而還庚寅攜胡秋覯遊見其法象爲龍宮攝去而長公範像至不蔽風雨老蓮將以筆墨之貲撬名諸友別搆屋一間安之植梧桐芭蕉樵

蘇所不及歲時祀以香燈酒果遇有好詩文焚一二篇就正之即不當長公意此一種羮牆癡想料長公必失笑引滿以啗我輩之畀田乞兒也所費無過三四十金然有必不得成者焉夫相與有成者非讀書學道人與賢士大夫乎此讀書學道人與賢士大夫曾多見乎使長公能禍福人則人盡讀書學道人與賢士大夫矣作是思懷綏慨嘆走出見古樹擢薪山谿飲馬即劣得成事當龍戰之世不知能爲魯靈光者有五六十年否

遊淨慈寺記

老悔一生感慨多在山水間何則既脫胎爲好山水人矣每逢得意處輒思携妻子棲性命骨肉歸于此魂氣則與雲影水聲山光花色同生滅吾願足矣所以不如願者有志氣無時運想功名戀聲色爲造化小兒玩弄三十餘年至天地反覆時乃心灰冷老矣山水之志始堅而買山錢不能辦矣雖剪落入雲門秦望間山中人喜爲結草團瓢約日供薪米而白幢白傘又逐之投城市矣謀還楓谿則刀兵聚處不第娛老巖穴不可得即耽翫泉石亦不可得矣乃知所謂有志者事竟成徒虛語爾復爲造化小兒翫弄五

六年艮可憫歎庚寅七月與胡秋觀遊淨慈寺訪老僧般舟者與老蓮有齋戒之因同曲蘖之好將商畧挈榼提壺從烟霞石屋入玲瓏菴登南高峰寫佛菩薩乃還看盂蘭盆會般舟素不出門今忽入城市不亦爲造化小兒戲弄一日乎

王叔明畫記

老遲幸而不享世俗富貴之福庶幾與畫家遊見古人文發古人品示現於筆楮間者師其意思自闢乾坤諸公多感其謬愛余之能貧輒喜示余屬題敘余爲半生享貧賤之福得以傲彼富貴人矣豈知有三

十餘年老友所賫有王叔明畫癸未秋余未赤貧時友得一看至今年庚寅室廬銷亾于戎馬浮家掾抹于湖山索一看之其跋履之勞筆札之請幾兩年所不輕一示之余有門生偶適一富翁家則高懸之矣嗚呼故交之不如新好貧士之不如富翁腹笥之不如囊錢乃天淵哉貧賤之禍亦如此其終難享哉富貴之人亦如此其終難傲哉然余平生于交遊毋以古人期之矣愚哉今而後當以今人期之者請自老友始雖然余亦不能復以古人自期矣悲哉

借園記

遺樓之後余兄有地半畝余易得焉可壘怪石幾笏
搆危樓數椽風日清美經營其間蒔竹當戶豫章上
天養生學佛書畫種田胷中忽有南面百城傲人意
心自叱曰竹爲叔祖之竹樹爲吾兄之樹我見乎此
借也何有于我哉因廣其意以知古昔聖賢制度雖
括聰明之量正人物之性如八卦見之負圖書契因
之鳥獸刳舟作車之類遠取諸物辨陰陽交神鬼以
治氣教化成萬世之教祖者皆借也即後世帝王刱
業者不借五德終始之運與侯王將相不借治亂聖
人之靈者乎其餘歷代文人學古不過咀古人之英

華步前賢之陳迹驕氣浮志爲用而矜己傲物卒之身名俱敗者皆不知我所有者借之故也嗚呼吾何人斯何不自反腹內無百字成誦書畫肆說鈐識所不及乃敢上人乎哉額曰借園顧名思義五月七日書于遺樓大雨

遊永楓菴記

丁卯十一月八日蓮子至永楓菴訪大先和尚叔旣生辰銘與俱溪漲無舟楫道人負而濟大先遠出其徒寰和尚煑茶栗餉之飲酒塔下面之叔從東山來讓二叔曰何不夙期使我亟亟于事而步履甚勞言

訖後痛飲展銘叔曰當作詩蓮子辭以菴中遊詩亦
多無記不可以無記叔即爰紙蓮子舉筆慨然有感
正月終妄想進取讀書東廊山色朝暮竹樹聲色鳥
語溪聲梵唄鐘鼓意之所會耳目之所得神情之所
暢適不能盡領畧步林下不過數百步便還與諸僧
語不過數十語便止早聞鐘鼓輒起讀晚聞之則罷
飲清况雖甚多而留連飛舞之致十不存一凡五日
便以訪社中入城遂留試六月乃歸歸便渡江九月
歸歸便以俗事不得便來今日之遊有酒有紙筆可
爲文字飲風日請談心無係戀山水竹木禽聲梵音

覺愈于正月時豈愈于正月時哉功名之念係之也夫天授人以功名富貴則吝人遊盤之樂得全者不多得蓮子雖不能進取遊覽之興未嘗以疾病覬友母望之禍鄙陋之心輒止興至則來闌卽去天之厚蓮子多矣

重修陳氏家廟碑記

凡爲君臣父子兄弟朋友之間雖殫力畢志捐軀盡命僅職分之當然而然無所誇耀于天下後世其爲立石書功用以勸勉鼓舞天下後世非以誇耀者也陳氏家廟始于[illegible]曆七年巳卯秋九月其地在化龍

橋之陰創議者爲某某以秩七公祭祀之餘財墓木折于風雪者貨之而爲家廟于此地某年爲門臺其姓氏某大父某公爲之記四十餘年崩壞頹敗某某等鳩工修葺之堂廣而爲衆主所雜祔非禮也分爲三間中奉某代某公主皆正祭東西二間爲維六公維某公各支之主所祔如祔廟也者詳在條約此亦亾于禮者之禮也其動也中堊其壁石築其階遷其守祠之方于土穀祠之後移其鎮水之橋于兌詩之東禁芻牧事樹植門非祭祀不啓堂非朔望不入亦云成家廟也命某爲記是其爲子孫之職而已矣有

何誇耀之謂哉某等亦知共爲子孫之職而已矣有何誇耀而欲記之哉某等葢深謀遠慮亦用以勸勉鼓舞于吾宗者也若子孫亦可待勸勉爲哉嗟乎今則待勸勉矣何者當崩壞頹敗時松柏則旣斧矣牛羊蟻聚農器縱橫薪草泱糞穢積庭戶甚有隳其墻垣而侵其祭田者父兄子弟數千餘人獨吾親也與哉忍相毀傷戕賊孰肯共爲子孫之職而申其戒春祀秋嘗父子兄弟數千餘人獨吾親也與哉相視吞嗟悲嘆孰肯共爲子孫之職而任其事得某某奮起而爲之記之將自某等三人而廣之數千人也一世

而廣之十世百世也云爾然吾何以知其能廣哉以鳩工而踊躍趨事者之衆也凡費其經費之人與執事同功別有記

祔廟碑記

祔廟之設於此以爲無以奉其主櫝者之地也天下有狗情違禮使人思慕感悅反逾于遵禮奪情者今爲祔廟于此者是也然情之所至禮亦宜之况禮緣情生則爲祔廟于此者未必不爲禮也譏之則不受

某竊有感焉夫陳死代遠之主尚不忍其散失而屋之妥之於始祖之旁神靈影響昭穆一堂魚菜酒糈

春秋二享此生人而致情于死者也若生人而致情于生人豈無大過焉者乎乃有挾長老以侮卑幼者矣恃貨賄以暴貧窶者矣矜勢力以凌僝弱者矣誓讎深怒存沒而生毒者矣爭奪錢財骨肉而相殺傷者矣取田宅之方員蠶食之者矣訐逐之者矣且有受人之愛惠而反操戈相向不于其身于其後人者矣生人尚不肯致情于生人使之不敢寧居流轉散失不能如其主之共存于廟視彼爲祔廟者何如哉

某願吾之仲叔季弟幼子童孫顧瞻祔廟乞以是言相勸執事之人若叔祖某若叔某若兄某仁人也凡

為祔廟主之子孫者必有感于斯三人凡為人之子孫者亦必有感于斯三人也家法如此吾何敢避僭僭記

涉園記

涉園者予兄巳未觴槎菴來先生請名之者也庚午搆堂一亭一穿池二予樂記之予憶先生名時衆以為僅取諸曰涉成趣之義也巳予能廣其意當不是乎止也憶余十歲兄十五歲時讀書園之前搴霞閣中日愛園有七樟樹經緯之以桑柘綺綰之以蔬果幽曠若謀而成高下咸得其所謀為亭館以居之遂

因其地勢之幽曠高下擇其華木之疎密高卑又非嘉木異卉不樹也一日而涉焉或樹一花木一月而涉焉又樹一花木一日而涉焉或去一花木一月而涉焉又去一花木至于其先必以爲咸宜不改而植之歷十餘年枝幹榮茂而可觀根本深固而不拔者必樹之去之務與其地之相宜而止爲屋則樓閣堂軒廊囪亭屧露臺曲房圖書規制凡數十改易務與其樹之相宜而始定鑿池則倏東倐西隨開隨塞變田成溪者十餘度務與其地與樹之相宜而後成此非涉之之久陳迹不留新意自啟能若是乎哉夫園

細事也能作圖末技也不曰涉則弗能爲良學固可弗曰涉乎哉故曰涉經史涉古今予願從兄坐此園也浚惟其涉之之義而細察其涉之之效種德樂善文章用世朝夕孜孜焉能如其精擇遷改動與時宜之爲善也然非曰涉經史曰涉古今能乎哉予願從兄坐此園也

失狗記

悔公壬午在京師得一獅奴狗生纔彌月抱而俱卧起飯亦置之几案間半月爲老胥竊去不令出卧内無可蹤跡又半月與吳客偶坐其門外大聲譚笑狗

識悔公聲大吠逸出胥家羣掩之不得乃裹歸病中則卧牀下病起復卧足下不敢一步出戶問病者見之皆有感於人癸未携之歸日伏處舟中不敢一步登岸夜乃警過長年不妄發一聲同舟者見之亦有感於人甲申還山陰時鄭履公家多畜雄者乙酉六月携至其家借種即失去悔公日則望其歸夜必夢其至履公亦懸重賞者兩月而絕望悔公爲之忘食事而歸諸因緣有決定焉已矣同學者則見悔公之爲狗而忘食事也因問得狗之見愛於主人者之情事又孰聞悔公之宗黨親朋相吠者之醜狀益有感

於人於戲使此狗而席帝王之寵即爵拜儀同食料縣幹後日猶有級以享將士之既安得屬我布衣而令儒者感嘆無已乎

買書記

綏秀才也敢讀中秘書乎即黃金散盡禮不當僭收皇帝所藏之書辛巳上元之燈市見吳草廬先生外集一本上有文淵閣圖書為小兒所售愛之而不敢市謀之張弘之弘之曰此書魏璫時所盜出者千萬本市之不為罪綏思曰　皇帝勅天下讀孝經豈無漢唐皇帝頒賜郡國及外夷之宸思乎第不睹盛事

爾乃市之庶幾通性命之學期忠孝廉節不得爲功名貨賄所蠹壞此固皇帝作忠用人之盛心又伏見勅以周程張朱配享於十哲之後是不唯二祖十一宗所未發之睿知也不特邁宋之諸君亦講中庸性命之學乎夫秀才僭收之卽得罪由得以願學良臣學良士學良民之情以上聞脫秀才不收小兒持以易菓餳而爲收退紙者所恩或婦女剪作襪材則又不若爲秀才僭收之以學爲良臣爲良士爲良民之爲愈也况此書綏不收當今之世鮮有秀才能收之者嗟夫

卷之二

寶綸堂集

暨陽陳洪綬章侯著
男字購輯
孫豸對讀

書

上總憲劉先生書

宋之諸君無有培植太學生者矣而多食其報道君起艮嶽鄧肅上詩金人兩寇陳東上書李綱將罷歐陽澈數百人上書黃潛善汪伯彥用事魏祐上書湯思退議和張觀等七十餘人上書韓侂胄欲罷趙汝

愚楊宏等六十人上書胡渠議和何處恬上書史嵩之謀起復黃愷伯金九萬孫翼鳳等百四十四人上書城陷之辱丁特起私有孤臣泣血錄我　祖宗今上培植太學生不遠過曩代乎若邊防之警若權相之戕善類若大司馬之起復若私議撫獨涂從吉一人上書白黃石齋先生冤空谷足音矣然所見有紛紛上書者身謀而不及國洪綬之名亦與焉沮之又不能得深悔當時何不棄去半年懷負國之慚今則棄去矣前失難追矣太學生何負我　祖宗及今上哉三百年間乃僅得一涂從吉吾師乎涂從吉故足

悔矣而有悔言之集悔言小引劉夫子爲天子所注意上封事者皆導君毋苟且之治術羣小謗之爲迂遠而不宜於時時者權也聖賢不得已而用之治術者經也不得以運之升降道之汙隆而變之者也使遇中主趨時焉尚不爲臣之正路矧逢今上神聖而勞悴之主寧忍以末運之治輔之耶若夫子者眞責難於君之純臣也甚矣羣小之當殺也

書白兎花猫

如來與迦葉乞食毘林有鷹逐鴿子鴿子投迦葉影中身猶戰慄投如來影中身便安穩迦葉問故佛言

女殺機猶未盡斷故鄭履公贈白兎二頭兎性畏猫犬猫犬性喜搏兎已而有人遺我花猫者受之而憂之護之無遺力一日兎佚出籠與猫爪吻相戲老蓮因歎畜生一無殺機便相感悦何况於人古人云誠不能感人者此誠之未至安得遍告之挾詐之徒

寶綸堂集

暨陽陳洪綬章侯著
男字購輯
孫豸對讀

壽文

壽胡母文

壬子季冬二十日爲夫人五十四歲之辰也洪綬社兄錦石與其弟機石索壽圖壽言觴夫人也錦石爲綬言曰夫人十八歸吾伯奇峯公七月而公化去有遺腹生機石懷刃乳兒父母不能奪其志而公薄宦

所積俸且盡保孤良艱苦兒師賁之訓乎夫人心血灑地以長以教機石卽不得以舉子業取青紫然胸中有書履道而杖義兄弟偶言及夫人往事無不涕泗横下焉今子侄輩大者善屬文小者皆强記胡氏沐賢媛之澤者夫人最也予樂與機石轟飲爲圖爲言當上壽夫人以拭涕泗乎綬請爲機石雪箋致辭曰夫人其開顔機石他日有民社之職不敢以鮮餉夫人論囚多生不遺老母以壯子受戮憂當今羣盜半天下不敢不敬官勇戰以報天子者報夫人不敢苟偷靡粥之間衽席之上也再爲其孫子亥致辭曰

夫人其開顔予亥不敢闕非聖之書交儇薄之友有聲士林不敢以文章之士自命他日得一官當一如機石也三爲錦石致辭曰夫人其開顔錦石雖經師亦人師也諸孫之傳其經者必成名士洪綬再拜致辭曰夫人其開顔夫人請思三十六年前夜雨一燈孤兒在抱嚴父逼於堂野鬼瞷於室胡氏六尺孤不爲饑鵞鳧腹者幾希今日者子有端人之名孫有藝林之譽寧辭一觴乎

暨陽陳洪綬章侯著
男字購輯
孫豸對讀

銘

永楓菴山主無窮師塔銘

無窮師者名　姓駱氏諸暨人其俗好鬬師獨出家楊侯廟結茅虎豹之羣日則塞戶禮蓮華經夜則出經行峻嶺閒獸跡錯履魅嘯呼名不爲止弟子諫之則正色曰必使此等衆生聞佛名號業消皈依收

爲眷屬弟子又諫曰佛法雖大師力甚微脫弄爪牙或攝精氣師笑曰彼如禍我定業使然不爲止明日有樵薪者爲虎食之且成羣繞其菴側魅又白晝仆人師爲結壇誦咒悵復聚哭四山又設瑜伽燄口道塲於嶺上虎徙而鬼息人皆神之師先不識一字禮經後見諸經論如舊記者聲隆諸剎會王父方伯公與先君子謀建墖牛頭山請師主其事有以爲俗謀之言止之者師曰佛法必藉國王大臣富室長者而興墖建則其地永不絕富貴佛日永不墮吾何惜方便入俗作佛事乃抱腰而來王父率先君子諸伯叔

父拜而迎之師曰墖下當爲貧道結菴貧道將終焉此塊土王父即捐俸爲結菴焉師乃履霜犯雪以募金錢濡雨炙日以先衆力唱佛一聲衆和山震聚藜半鉢滿堂腹果朞年而落成也師即去菴數十武作草團瓢一椽日夜頌佛號有僧問之曰和尚定生西方師曰子以我脩蓮宗耶法無分別故我無揀擇子之西方當去極樂世界我之西方只在劍樹刀山世間豈有爲僧者手輪百八便證無上等覺之理子謂理會莫討老僧趁出也不下山者三十年年將化之前二日無疾而卧謂弟子曰期至矣請其遺教笑而

無言圖請之弟曰我見如來白毫光冉冉來矣卽脫然逝而有笑容僧獵獵其弟子名如鴻者受其師眞實了義而持律作務老而忘倦廣闢土地崇建殿堂殆過其師師有子矣卽本山起塔請洪綬作銘銘曰
心外無獸眷屬有鬼檀越頗多佛法有幾西方東方如是如是撒手無言棒喝在耳頭枕青山脚踏綠水子有慈父父有肖子必我作銘蓮子居士

博古頁子銘

廿口一家不能力作乞食累人身爲溝壑刻此聊生免人絡索唐老借居有田東郭稅而學耕必有少穫

集我酒徒各付康爵嗟嗟遺民不知愧怍辛卯暮秋
銘之佛閣

寶綸堂集

暨陽陳洪綬章侯著

男字購輯

孫豸對讀

雜文

募緣小引

蓮舌道場募緣題辭者謂之緣事非人之所能强故募緣云者一號召之畢矣今之募緣僧多行常不輕菩薩道聲音和輭接引再三或有始而厭鬮終至怒罷者故結緣一道多不成就此固在家菩薩與佛少

緣亦猶募化僧先與佛少緣不能圓通方便劣作此態以敗像法一大功德非特令彼不唯不生喜捨心并令彼生嗔恚心誠布施之通弊也然則募之法宜何如募僧一聽施主與則受之不問多寡不與去之毋使勉强彼無緣者雖至心讚嘆剜肉一文有緣者即振鐸遙聞黃金鋪地因緣若到弗言乞士之神通時節未逢莫說檀那之慳吝緣之因果僧不妄言

錄果報小引

吾年來夙業糾纏甘受之不能遠避之不得彼人亦夙業糾纏飛語之不已黨惡之不足何時已乎吾乃

俾其大慰其心大滿其志惡户者縱横片辭莫辨彼得肆其蜂蠆所望雖奢不稍慰乎鷹犬者當道伴罔聞知彼喜窮其狙詐所願雖廣不稍滿乎而孰知吾之受報者在斯彼之種毒者亦在斯矣哀哉吾受報之終彼種毒之始非乎然吾何敢作如是觀也當知彼所種之毒非其一身因果皆鬼神所譴責於吾而藉手於彼者吾則眞可大慰其心大滿其志矣萬一彼果種毒吾既不能相從於蓮池之側復以吾業招訾毀累吾眷屬因浮沉苦海中又增一重公案將奈之何故取予先叔所索書緩生果報一帙書數十條

矣曾記古德云殺莫大於人人之受殺多不以身刃莫利於心心之用殺不畏鬼神故書以心術語言用殺者數條於內彼人見之更視警切齒又增一重公案將奈之何語云心病心藥提婆達多生生世世將奈之何戊寅孟春驚蟄悔齋書於隨緣古德之館

陳治庵老人賣藥緣起

老人感庸醫之殺人也以術名醫之殺人也舉趾高不輕趨人之急良醫之殺人也勇於自信人言不能入皆以心也刃兵之際人何以堪殺戮之餘自猶生毋苟欲自活者不爲也乃攻苦方書將自活以活人

試之奇驗或天許活我而活人賜之因緣大行其道不猶救得一半乎於是居家則懸簾吳山泛宅則扁舟茗雪重還故山則倚杖浣水若耶之間名書清樽以留野人精思湊心以當病者貧窶之夫不惜藥草富貴之子分其酒貲洪綬贊成之即屬作緣起兼爲作黃帝素問圖一幅神農嘗藥圖一幅晨夕拜禮之不敢自恃其術之神此一念直通天矣洪綬思老人當年爲青衿時或得一進賢冠活人豈不千百倍於此哉萬一利祿薰心瑤玉滿目未必能如今日也老人名開字開號治庵越之諸暨人也移家山陰復移

家錢唐紫陽山下洪綬從叔也辛卯孟冬書於菜根書館

張宗子喬坐衙劇題辭

吾友宗子才大氣剛志遠學博不肯頫首牖下天下有事亦不得閑置吾宗子不肯頫首而今頫首之不得閑置而今閑置之宗子能無言田畝乎喬坐衙所以作也然吾則爲宗子何必如是也古聖先賢懷其寶玉走四方不遇則進學彌篤即使宗子少年當事未免學爲氣用好事喜功今日之阻當進取聖賢茀以才士能人自畫損下其志氣復溫[illegible]書浚究時政

三年間可上書天子吾不爲宗子憂也然吾竊觀明天子在上使宗子其人得閔而爲聲歌得閔而爲譏刺當局之語新辭逸響和媚心腸者衆人方連手而讚之美之則爲天下憂也

題商綗思放生册

太平世俗視人爲人衆生爲衆生故炙驢烹犬猶言無下筯處者怡如也所以釀成今日戮屠之世界雖菩薩出世也救不得亂世軍中轉餉立舂磨之砦攻城作人油之炮尚得視人爲人衆生爲衆生者耶皆由當時生分别心重人輕物胎禍今日之命懸庖廚

身同雞犬也猶不生胞與心體物如人比屋持不殺之戒谷鄉爲放生之會或龔菽得一半乎今一四天下剎割獨少者無如江南江南之人奉放生教者十家而五於吾越猶謹所以免於刀碪者又爲江南最此大衆所目擊者也商道安與其壽夫人當今之優婆塞優婆夷書經而念佛擬於龍華會上開单上足舉此放生會屬雲門僧悔爲其疏

寶綸堂集

暨陽陳洪綬章侯著
男字購輯
孫豸對讀

四言古

勸農

食人勞力捫腹乎陸見兩老人歊畊交穆木人巫歌田鼠鬼逐酒肉相勞月明同宿

其二

力田可封清譚斯鄙傳家襏襫遺世冠履長腰滿車

橐金折軌吾儕小人果腹爲美

停雲　寄龔水玉

雲門檜櫟不掊斧柯鹿皮歸來四月清和麥飯分飽
我苦不多太守可御公子謂何

前題　寄伍鉄山

瘴海停雲水鬬綠雨征人驛騷先生不阻越水吳山
石栞自撫佛國偃居松雲閉竹

時運

千年壽藤覆彼草廬其花四照貝錦不如有客止我
中流一壺浣花溪上古人先余

懷友之一

清清河水放舟容與我懷伊人遠于祋羽

二

北山有木枝葉不凋期子同往秋風蕭蕭

三

有酒有酒有書有書閴門靜思不與子俱

四

燁燁者服嵬嵬者冠衣之冠之白首爲歡

五

砟魴烹雞釂彼斗酒我弗與心失彼良友

寄毛師

南方美人長利孫子高山可觀氷雪齒齒

二

四夷亂德六師翺翔高山可梯步履弗彊

三

有薇有薇我胡朝饑高山可老廬舍孰治

題鑄劍圖

俠烈慧娘而語蘭陵以腸鑄劍斬此有情

春雪

冬雪益年登幾斤飄飄罷
春雪損年登幾度紛紛下
天豈欲殺人運會不能謝
吾我非積德人數年不能
假任心美筆才以保運會
化深山大雨雪米價倍常
貴我非雨雪中不盡貧
之味道德不被身不宜
有所慊道德既被身不
必有慰所歌道喪德身
飢餓豈無謂漢王臧項
羽持頭降曾城刀戟且
加頸猶聞絃誦聲我固
既云破我曾為儒生可憐

寶綸堂集

暨陽陳洪綬章侯著
男字賻輯
孫豸對讀

五言古

齋中 一

磔磔春酒中齋扉不一啓今日酒病深腹痛似成痗
誓不飲至醉屢戒屢不止惕以大命傾大業從此㞢
幡然入我齋瞿然歎不已蛛絲縵四壁鼠糞積一几
書帙縱横陳頭緒卒難理猶吾倦學人心境雜如此

數稱子讀句都未成口授數十言禮義初講明他日學衆圖何用記姓名農圃知禮義与物無可爭不貽父母憂老景則自樂書報響雪山亭不移我情

畫水僊換長公涇縣紙

涇縣紙最佳宿儲者難得長公積蓄多乞與不輕擲奇儁同心人高僧與羽客乞而索予書贈之便不惜珍重如是焉唯予更不嗇予畫良不易寫此聊相易是匪愛我哉奈何如吐核

無錢

吾以無錢閒豈以無錢苦閒時得人棄古今自期許積金生意盡善哉斯一語

寫竹

我庸常人與一歎三對鏡呼兒速取酒我將愁至病

無酒速取絹寫竹言孤性不贈如我人贈者必酒聖畫豈佳者哉胡爲人所競愛我孤性乎孤性不可敬動靜與世違煩言不能竟捲畫且大酣桐樹月初映

久留

不可常傲物我亦愛傲人三旬不成事詩酒江南春妻子病不返兼且遺其親以後弗如此四座嘗諄諄

壽外大父

麗日發春氣光風爽華筵統如擘鼉鼓微妙寫嬌絃壽母前致辭挾瑟我請先各言母種德四座且莫喧婦事恭以優母道慈以嚴子孫稟禮義婦女有清顏

南畝牧牛羊東廂積布錢六職與內則不足爲母言
我聞古人語惠人享大年母昔督女紅傭雇作盈軒
大婦抱孫至中婦攜子前哺飯若不惜升斗日益添
養女皆有家養男能力田困乏來假借厚贈無所慳
母德苟仁厚百祥如珠連後人慎念茲上天啓厥賢
無德者有壽理數之或然

寄三叔祖

大人遠千里教誨隔數年書札不間斷思之恒悵然
政事皆就緒子民如二天可以慰子弟可以履聖賢
羞我年三十爲文未成篇酒味頗有得功名罔計焉

寄子敏張山人

隱士更難尋入林恐不深聞子棲山中藏修希至人

長風飄鹿裘石蘭揷葛巾耳目自怡悅幽景兼清音

口體有餘養胡麻與蘆飡晨興披道記薄暮抱瑤琴

朋友遙相望樵牧不得親不作蘇門嘯無人來問津

予心絕塵想念子訊兩春願得同棲止不爲淫欲侵

世事日益多歎亦桎梏身萬卉競新好勞役無所吟

吾子旣自發寧忍予落塵

與來風乎共吟

風日日出看山檣塘過柳陌章將手數酒徒酒徒一

當百方來與髯公章會多詩伯髯詩寫霞天趙飲浮
溪碧履生年少郎短衣披秋色一笑爽我心書紙積
盈尺佳會句如此酒與弗可測

送來工部夫子之京

丈夫懷壯猷結髮走四方家人不爲顧飢寒免自强
今子勤王事將爲賢主臣大江雖堅凍輦路惟積霜
莫以寒侵故徘徊望故鄉莫以跋涉故徬皇嘆路長
他人見子行蹙眉還結腸綬也期子行德業將洋洋
歌以鳴歡心豈復發悲傷

暮春園飲

暮春悲風蕩游盤飲於亭花枝垂且垂柳絲搖不輕
文禽相停翩翠鳥故發聲蔬醪最淡薄盤罍亦得盈
大白供客醉微酡我精神神情既洋溢遐想輒悲生
飲酒因爲樂顧景愧無成逝者不可追念之常惺惺

恨

生平恨家居每懷浪遊境今日一出門花間調酒病
酒病能死人我胡不惜命但得離家居隨處可滅性
何爲作此言大事不能証

端午溪橋懷兄在玉田

日落室先夕四野餘微明隨意以躑躅偶止白河汀

睠兹周匝樹果可少慰停路逢息肩人社酒猶未醒
忽懷遠遊者何以慰客情瓢漿會骨肉兩度不共傾
安得鬱結心如彼暮雲行

正月十三日

上元逢風雨酒客歎寂然寧獨此五夜乃發高興焉
梅花桃花時荷花菊花天何日無花月何處無高賢
開筵與索酒事事得以便即無花與月飲性或未遷
惟作花月觀隨處張華筵

止章大學弗徃荊州

漢水十二月君當息肩未豈不聞前言雞肋本無味

吾鄉山水佳吾頗無俗氣何不留於斯窮途良可畏

贈十六叔

吾叔有道人讀書而飲酒隨世如隨心心且不自有
笑者爲影傴女曹曾知否

偶書

誓於六月朔止酒多讀書尚有六七日飲興不使餘
非吾竭精力痼疾不自如非不知大事努力非徐徐
是皆前世因非吾所得除一日因緣至所有皆空諸
但恐除酒後復爲名利驅以此作佛事庶幾還最初

與十叔

達人小天下何事載虛名文字眞難識升沉不可許
紅邁開數朶翠羽叫三聲還有餘愁不偕君橋上行

醉起郊行

午飡飲酒臥起來客已還餘興恨無酒捧腹看遠山
白雲盡收去白鳥盡歸山山鳥各可數目勞心自悶
行至林幾帶坐遍水幾灣日落看不見悵然而閉關
山水極閒處得之亦不艱如何怡情處得失令人患

赤楓菴小集鬮韻

秋天風氣肅草木殞寒玉羣賢公讌時杲日留巖谷
江樹凄凄然寒螿語幽獨君子上堂讌有懷乃躑躅

錯觥聯兒問古人隨意戲我本豕鹿人不慰世間欲

歸來

風雨長江歸都無好情緒乃讀伯敬詩數篇便徹夫酒來不喜飲人問不欲語憂樂隨境生處之易得所冐雨開蓬觀紅樹滿江墅覓蠏得十螯痛飲廿里許

獨觴懷友

春雲薄薄生容容浮芳樹樹杪衆鳥聲一時乃散去忽有停雲思南山飛細雨雨中意慘然無人來與語呼酒來自觴數觴悲所遇所遇居斯趾不提天之數我何敢怨天天意實難據明良非所望同人何艱聚

山川無險阻朝來而歸暮

陽穀縣遇賁祁之問林上菴却寄

賁生遇陽穀爲述君高蹤賣田結茅宇乃在寒山東設榻傍修竹遊人入深松老僧語夜月瘦隺舞秋風有酒能獨飲舊侶常不同即與同飲者道人浮海翁書繙老莊子作詩弗求工齒豁髮尚黑食少肌猶豐體氣雖强健願養復有功是爲隱君子悟道徹始終我復世情深乘亢不自封去家十餘里偃蹇江海中知君篤念我恨我不能從

過夏鎮

舟發夏鎮口褰裳入荊棘荒井與蘇墟壠兹長歎息
耆老從東來自言南粤客狗鼠縱横時親見爲言悉
天下貨利渠舟車相絡繹寶玉共錦繡金銀銅鐵錫
禮樂雖不知風土事藻飾安堵數百年卒然遭盜賊
紅巾起南山白挺亂山北居民盡脆弱又不避寇敵
一朝下東來凶悍過蠻貊大車載糗糧小車載金帛
壯者遍其降不從即遭磔婦女與老弱肝腦塗矛戟
斬掠無孑遺舉火裂居宅膏血相沂流手足相撑藉
賊去禽獸來積尸恣所食烏雀爭肝腸豺狼噬胸腋
白日斷車馬暮夜啼魂魄所亡倖免人成羣覓親戚

荷鋤共荷畚號泣掩遺骼肢體多不全腐爛更難識
或有埋一顱或有葬一額親骸未能得呼天相踊躃
有繩懸樹死無繩即觸石悲風動地來腥臭遍阡陌
日月慘無光山川雲氣黑同是覆載人胡獨罹禍厄
君子聽所由皆由人不德前年大饑饉州縣盡捐瘠
此地獨有秋柰何弗珍惜女妝無玖瑰雖華心不懌
男服非文繡雖美體不適肥牛與美酒讌會無朝夕
風俗變淫奢罔有能啓廸天遣彘育人址震又星鶂
柰何弗悛修非命斃鋒鏑君子幸毋忘以此訓鄉國
天命無僭差蕩蕘可採擇長揖謝耆老歸來淚沾臆

梅花下醉書

讀書逅乾溪飲與梅花宜花開我極閒荷酒來賦詩
詩成輒悲嘆志大生明時轉意古人語有志必有爲
天心若相棄賢志弗可期豹隱佳山水看花遺我思
我思遺不得羞比豪富兒鮮衣而怒馬國是罔聞知
我有崛强言錯亂我能治恨未得一吏沉湎爲人嗤
今雖樂志死我實爲世悲含淚勉進酒仰看花落遲
梅花開即落人未不知之胡爲血性人衆世皆我疑

舟次丹陽送何實甫之金陵

吾材固駑鈍妄想每爇衷連年不得意飲酒空山中

時時缺酒價去年事飄蓬出門一歲餘親戚不相容
囊中無一錢走馬燕市東得病五六月藥石皆無功
況當上策時彈指季夏終殘編盡蠹壞棄置曾未攻
旣悲無米炊復慮精力窮歸家拜親罷裹足飛來峰
但可攝心神安能事猿公得失若觀火感懷常充充
時運或逢吉寒灰當一紅以此自寬大舉酒臨長風
與君稱函合一言幸相從君才如伏雌行藏更不同
此去當努力勿自薄愚庸慰我同心人翹首望秋鴻

送光中歸

光師從西來遺我茶數筐價直一千文此惠何以償

吾欲爲布施俛首羞空囊爲作數紙書少備幾月糧
幸師年年來來期可一商吾地甚僻陋客來水一觴
山水粗足觀杖履可久長正月梅花發宿師梅花旁
三月茶笋熟邀師下風篁師爲一年計製茶亦甚忙
四月或可往果蔬不得嘗過此六七月炎逆不可當
八月桂花發天氣尚未凉九月紅葉時吾地多檣塘
後園菊百本早晚凌秋霜師來住十日供養惟秋光
將詩揭於壁至期當渡江主人不解意此景安可忘

壽四叔祖四十

吾聞有道人養生得其常學問與務本壽命康且長

引伸并服食其説多荒唐乃知仙藉中一一皆善良

聽來風季琴

琴爲寫性情覆理非其聲剛柔爲鑪冶宮商自經營
吾友來季老玄悟弗可名得音在肺腑高峰猿哀鳴
木葉爲振落幽泉響寒更道人蘇門中曾令毛羽輕
吾輩凡俗人有耳不解聽聽者當爲誰西竺古先生

作樹石與元魯叔

深秋臥深山無日不閑止靜坐少飲酒筆墨略一理
作樹不作山深遠看不已此從靜中來否則何能爾
所得必以靜觀斯可証矣

范夫人七十壽

丈夫可奪志婦人爲最難富貴或可守况當孤且寒父母惜名義此身亦可安夫人皆不偶砥節甚悲酸甇甇五十年教子已得官諸君歌斯德夫人且爲歡

允侯雖兄也而友夜雨以酒命書書必予詩詩不能得佳工書差可嚮也賦志之

雨夜得好友酒與燭有餘醉後墨數斗不顧工拙書詩亦何必善終當歸空虛所求工者意難慰好友俱好友能奪性令我不自如

古詩

高士稽中散希友千載人道大莫容世披髮不作賓
豈僻賢者路恥與頑濁隣寧受小人謬不畏小人嚚
匪無苟免計羞屈而不伸周慎處衰季君子有私心
孤峻非傲物要盟於竹林刑僇非凌辱彈琴鳴其眞
性道勿虧損譬如牛育犢墜地即餓死牛乳不入唇
譬如幽谷蘭綠葉常蓁蓁糞土稍溉之不日爛其根
春華滋沃土小鳥擅高林後人苟自隸罔討大道淪
胡然譁且笑使氣不保身三復太冲賦龍蜼嚋能馴

寄來季

君行栖南山我尚守廛市君行澄道源我尚逐浮氣

日來戒夔酒即飲無十觶讀書日十篇攻討五六字
曉課朝暾先夜課炷香寐怡顏止復園喧囂絕不至
塞耳朝家言但究身心事日惕齒舌箴嫚罵戒匪是
精神覺收斂必氣防恣肆或有長進機弗閑於道義
昨夜夢醒時悲嘆年非稚三旬倏忽來四旬如鞭轡
筋力欲衰憊毛髮必成二功業蹤前人著書無所積
老朽聽鷄鳴冷風吹眼淚雖無凍餒憂死同犬豕背
書畫恥流傳壯猷悲無寄起坐搥心胸涕泗不能睡
憶君教誨言女曹多欲嗜一落聲色中滑正懷厥智
外鶩雖窮盡激勵如搏鷙何遂不可窮所患者跋躓

聖賢尚有師我胡失指示幸將所著文時時授我識
二月載生魄我來慰君思連牀半月歸秋天復可遲
我如不得來君來慰我志踪迹莫疏遠弗爲古人媿

戲書問駱周臣乞筆

去年得佳管書法覺鮮媚今年管盡禿拙而弗能致
能書不擇筆此語不解義長公每作書必求諸葛製
阿弟好我書艮璧亦不啻時持箋數來欣然顯長技
宿昔過索書聊書數十字非不多遺君管禿如敗箒
連日桃李開紙上橫秋思時作近體詩精工較昔易
日書求政人人必酌我醉醉後便疾書攫書者如市

有此好情懷書法出新意顧我知已人得之不盈鐀
我若得新詩隨成即書寄君欲作意書佳管時不遺

虎林歸書與猶子世楨

西泠住兩月懷女常㑩㑩歸來相見喜長爲五尺童
席上略課女文理亦粗通典則未綜覽深遠罔追窮
終成童子業勿能爲鉅公愼勿爲年少鞭策可從容

送大生之京

我性固放蕩花酒情復深長老每訓戒怫耳不能禁
往年游京師病幾弗可針歸來試期廹膝軟頭涔涔
主司乃不錄困厄如雞燖君今入京去遺君以此忱

君性酷似我體氣更不任況爲貴公子咄嗟稱其心
試期亦不遠珍重惜寸陰愼毋蹈前轍勗哉受我箴

爲沈素先致謝馬訥齋縣尹

沈子寄書至內言喪其親手足不能斂馬師悉所任
君爲畫此箋詩以道我心匪不知報薄一羽酬千金
厚報無時日先此致殷殷請爲言所報窮達尊其身
饑餓不出戶必與賢聖隣理絲尙廉節又必爲良臣
爲親者莫大斯負者知音略道沈子意慨然懷古人

退居

淸秋少昏沈蚤起得以便虛堂猶虫語長廊風洒然

繙經了一品通達佛即禪艱入便掩卷灌竹罷而眠

招飲倒屣去作食無愧焉

夜坐圖樂居

秋夜愛獨坐猶愛明月光今夜月皎皎兩事言所望
遥知溪山裏泠泠而蒼蒼思覓一朋侶開門步寒塘
夜深呼不起中止忽旁皇奢哉人所欲百美不足償
始願期秋夜復得月滿堂何爲不知止而欲逺於荒
唯有進德心要使廣無量

二

昔我十年前曾居崁光巔月夜偕顧七乘醉下寒泉

崎嶇夾樹木虎豹雜出焉談至月卓午投宿西礀邊衲子盡吐舌戒我勿復然便欲拂衣去復上岌光眠顧七急呼酒謂我子莫顛崛强不為武徒將身命捐顧郎墓木拱僧塔草芊芊二人惜身命反不永其年對月感往昔記之致拳拳顧語該萬事書紳可無愆

三

聲華最役神清閑亦勞志坐月草幸吟亦欲求慊意月暗竹影無投床將酣睡野淚數聲聲欹枕聽無寐

睡起

領略佳山川因時乃得竅山川當清秋更無得其要

澄懷會嚴淨靜思理幽玅臥納結想深清夢去登眺
何必勞其形溪山坐咏嘯

理華嚴經

吾十五六時陌上見美色於今十五年眉目猶能憶
橫逆之所加歷年不去臆二十繙此經亦會廢寢食
不敢妄自明胡跪請大德今日開卷看奇字多不識
迨遲雖可尋貫通終難得乃知佛緣慳六賊不能克

薄鳩山行

佳山擇深秀先擇此仁里比鄰蔦天民賣薪與造紙
壯夫事野田先雞鳴而起飯牛任老人牧羊授童子

婦女紡績餘農事相料理游手游食人男女竊相恥
盜賊絶不生兼亦無虎兒軍輿遊食兵兩年不至此
去年寄妻孥徙倚兩月爾携歸妻孥時婦女泣不止
今年移家來知我無懷氏父老造我言我言洞表裏
曾無枝葉言相顧各自喜巳後相與言耰鋤爲之巳
種菜借我田蟲食爲我耨柴米借無辭勸我胡不仕
我言仕亦貧誇說古貧仕始聞笑我癡旣而道我是
本愛山水佳今愛風俗美得此美風俗隱居有所恃
魂夢不覺安飲食亦甘旨申杖且行行放浪從玆始
笋根舞山雞豆田雊野雉倚竹看梅花枕石唱流水

丙戌夏悔逃命山谷多猿鳥處便薙髮披緇豈
能爲僧借僧活命而已聞我子安道兒能爲
僧於秀峯猿鳥路窮處尋之不可得丁亥見
於商道安珠園書以識懷

擬從泉臺會復在山水好意外得友朋喜都不悖道
剃落亦無顏偷生事未了幸吾五十人急景可送老
舊年撥秋雲尋君頗煩惱同衾盤石思妄想豈蓬島
不過數株松小屋一把草

送駱爾玉之官南海

春草嚙黃馬春水浮客船古情所傷處何當在君前

稍有可慰者君以王事先地方卽有警盜賊實可憐
嗟嗟牧牛馬相率而耕田官吏致饑餓不得已畔焉
衰季易爲德計月不計年民心得父母愈于城墎堅
聞君令南海愛民如子然老蓮不妄許許君稱時賢
時賢作民牧歡喜祝遙天

山居

小亂入城好大亂入山便在昔用斯語於今則不然
盜賊滿山時豈能此獨全父老爲我言此地久安眠
萬山擁其後千山護其前灌木萬餘株淸流繞其邊
曲徑十餘里危石懸其巔不惟山水好而又有山田

不惟山田好又有美竹焉有麻果如絲有栗果如拳
有梅亟茅屋有蘭可成阡相見皆古人不分愚與賢
亦少衣冠人豈復肯守錢其風不凋薄或可免顛連
吾將携婦子釀酒樂堯天諸子漸長大課讀兼課佃
斫竹學織簾讀書功不捐無米拾橡栗聊以續炊煙
採奇旣有梅採藥將學仙佩此王者香一撫猗蘭篇

同遠林卜居山中

遠林非入山不足以娛老此山非遠林山靈亦不好
遠林非我來安得少煩惱爲我山之中多結一龕草
推車兩小兒負書一嫗老筆札以資生就君學幽討

所喜老得朋豈謂身可保避亂遼海東此言何足道

安貧篇示鹿頭羔羊

天旣命我貧我胡敢求富天能制我貧力難以富救
性甚愛奢靡生長在華胄幸讀數行書安貧理深究
强制近自然豈得誇天授每年貧有米殺羊修俎豆
今年離亂中家人疾病後伏臘不能修曳杖徒奔走
僮僕出少銀解我雙眉皺藉口議損時殺羊力不就
但買一隻雞壺漿與片肉婪尾送冬夜椒盤迎春晝
取之祭肉餘教兒介眉壽我之安貧篇一日必三復
試觀亂離時富翁遇强寇婦女蒙垢多大刀絕其脰

我逢強寇時無有不見宥汝必違我言長大逐銅臭
富翁爲前車作箴書座右

寄壽大先道人

青鬢暱紅友白頭投翠微新居事幽討故山夢漸稀
所以師誕日便忘此一歸佛屋秋水照僧坊秋林圍
石鼎煮竹根蒲團話清暉日來借米苦何暇補破衣
破衣稍絜就來看霜葉飛

癸酉暮冬送趙子公簡還

與子爲兄弟所賴經相畬壯年事盤樂經荒不相鋤
是以携子來溪上就小廬朝時攻子文日暮讀我書

研幽復義解此來當不虛悠忽一年盡子又還故閭
計量無所益執手徒欷歔原上多草木黃落亂我思
壽無金石固學道無進期自治固不力治人又易衰
負子此來志感子復來斯往者不可諫來者猶可追

壽何太君

美哉何太君此辰七十壽倉頭擊肥牛小甓進旨酒
賓客皆賦詩祝母壽長久小子請述德亨年良不苟
母年二十時夫子歸蒼藪遺孤甫五歲提携不離手
剪髮復剉薦教兒從良友兒得廣譽聞諸孫又英秀
大孫讀異書飲酒日一斗次孫為文章恨不上韓柳

緬想保孤時唯恐絕其後緬今子孫賢諸孫十八九
高樓積圖書嘉禾千萬畝四方長者車上堂拜阿母
匪母賢且能何以相奔走可以慰前人可以訓諸婦
長跽獻一觴起舞三擊缶

飲竹溪席上與主人九玄居士

春事尚未始春山得暢遊有人邀我飲况在溪東頭
修竹蕭蕭響梅花落其洲倚竹看梅罷山遠竹影稠
看山野雖曠何如竹裏幽有酒速勸我落梅青溪流
興趣誠不已梅花安可留

從六通至法相還飲于高麗

六通久茂草輿復機緣塞兵亂布施艱沙彌各乞食主者爲願公面亦有饑色一步不移東死心窮願力佛子之忠臣我願生彼國福利去强暴法相存千年兵亂能復遊我亦賴佛天昔當轂雨時靈公出詩篇可公出清酒鏡華閣上眠時方求富貴所以投林泉本欲乞山靈用以資文編豈知樂山水習靜兼學禪蜀僧只不識白髮披兩肩熟視而微笑叩之苐默然兩公歸定木此僧藏壑煙九京如可作余寧無愧顏

其二

高麗王子寺東坡爲伽藍祠因其寺燬像亦失其龕

不唯絕香火風雨更不堪不如突迎神祀之以美男
余與張明謀草率結一菴金錢無半百椽宇不過三
脩竹在直北古松在直南直西樹蕉梧直東樹香楠
將其高麗詩鏤石為之函

南山

南山多大木十存一二焉木乎吾與爾值此鼎革年
陵樹闇已盡墓木安能全日日望解甲旄頭正當天
不如同木盡免我心憂煎此身勿浪死湖山尚依然

其二

小債償未了楮素滿酒船

北山木之宗南山石之祖遊盤二十年頗不費貲斧寫佛贖僧坊畫梅搆屋宇每携一束書隨處皆我主尊宿多同首靑曹多可取時時典衣鉢邀我酸辭吐居士昔所存或者不必覼縷煮一杯茗澆師墳上土已約桂花時斷不避風雨

其三

結束將入山山童語于側龍井買茶商昨夜縛于賊不惟訪舊遊亦將偷眎息佛地起戈矛生途安可得骨肉非所憂學道憂不力持此心而遊何處有荆棘

夜示鹿頭羔羊

每日過失多今日無過失自慶過失無清歡弄紙筆過失之有無明日安可必安得過失無日日如今日便足了一生不知何爲佛

姜綺季赴天章子山二陶子廢社詩寄陶水師

去病暨二陶子

天地爲大廢社名以廢當主者頗心痛聞者亦心傷或吼山之餘或曹山之陽昔治制舉業今爲吟展廊廢人莫若我綺老敢雁行不爲君父死一敢廢倫常亂後未掃墓二敢廢爺娘薙髮披袈裟三則廢冠裳有兒不教學四則廢義方藏書被盜盡五則廢青箱

典文既殘落六則廢書堂軍令不得歸七則廢故鄉
貧不躬耒耜八則廢田莊箝口談治亂九則廢疎狂
毋與人間事十則廢行藏佛事亦作輟十一廢道場
不知老將至十二廢景光欲隨綺老往作畫覓黃粱
臘月當再舉必來相顛頹帶有詩窖來諸公弗悲涼
殺戮作詩料憂愁爲詩腸哭泣當詩韻和墨寫詩章

約王予安同入雲門爲終老之計

王老臥草間才子爲朋友才子不得留霜林泣老叟
父母之常情願子得長壽亂世之生人安用期長久
君擔經幾函我負米數斗雲門六寺間可以老死否

請觀五月閶千人斷其首太史得善終文名又不朽
抱腰連手行慎弗謀諸婦

丁亥人日至奕遠蔣氏山莊示予新詩索和

雨雪當新春大慰我憂獨喜無春陽累搖蕩我心目
有時少晴霽老鴉在脩竹蝴蝶在梅花鸜鵒在溪洛
心事如驚湍送懷無書讀故人來邀予攝衣趨坳曲
示予新春詩君親淚撲簌或有賞景光或有悅草木
或傷人間世或傷時運促或用大聲抒或用吞聲哭
披髮渡河人結轖無聲續予懷君已寫無聲寫短幅

樓上

世亂春風來人生宜不樂國亡春風來心腸宜作惡物理豈不推運會豈不約難以解孤臣春風吹淚落山梅數十株周匝予小閣看花之盛衰慰我之魂魄

燈市

偶不耐寂寞燈市感衰年思買牡丹燈懸之梅花邊何不省此費數日之酒錢何當見燈市丞相放紙鳶

壽友人

冷冷南磵上怪石列大小喬木四五株垂藤同樹老時予沿澗行往往拾蘭草忽憶君壽日携筐贈梨棗山中酒可飲山中米可飽羨君兵亂後能使容顏姣

青青草茁芽唧唧喧山鳥祝君無所祝領茲風日好

古廟

去山五六里古廟有少燈黃雞與白酒田父祈年登提携兒子輩往看悲感與社稷絕盼饗士梗尚靈承

山谷

山谷好讀書我已無書讀曾生貽我書將讀于灌木賣畫當入城行將遠山谷讀書終無緣我生太鹿鹿侯王與將相我固無此福跌宕文字間竊名得書簏書簏名尚難老景預可卜

賀彥翔九弟得第三姪

世人貴得子我則貴子多豈惟萬事足盛事將不磨
弟今有三姪王氏三株柯長君乳虎骨功名如甘羅
次君山頭雲讀書匡山窩此君美二美一時莫我過
鴻業大我宗文章後世模勸弟一杯酒令我亦婆娑
他日如我言令我千日酡

示家人莫歎丐者

其人爲乞丐可矜不可耻彼非好爲之情實不得已
有餘補不足天固設此理唯我賴祖宗有餘可與彼
使我無所餘彼則不來矣此輩叩吾門吾門亦爲美
俗語求佛心將心與人比譬如我行乞人不遺一七

我必懸惶生恨入入骨髓人人皆不遺轉于溝壑今與否事雖小死生理在此彼乞爲求生我吝能致死所費又不多君何苦乃爾

送十三叔十五叔讀書駱莊

文章寫性靈修辭崇典雅我常爲叔言叔今深信者近來僞文行居業趨而下愼毋爲所悞不將性靈寫爲人固要眞爲文最忌假邪說售不售悞人不爲寡聖賢傳道言降爲市賈也溪山好讀書琴張結清夏澄源流生生清濺入灑灑我嘗數過之爲我設杯斝

率書二首

春天晴固佳春天雨亦好山樓看新綠酌我抱甕老
一春農事艱此言不敢道
凶歲形已成何堪兩月雨大運之所乘天亦不能主
莫怨天不仁雨雹麥秀腐各自問其心何人心復古

丁家故址飲第二日書寄亦公

晴和溪山春人物都受福烏烏桑柘中笛聲散黃犢
有酒菜田香高山見修竹天下事難爲進退又難卜
豈使恬隱放不復學干祿

贈孫郎

有客酌寒夜濤吹蕭蕭然情愫不可受難以致周旋

有客出團扇君弟贈短篇東溪有綠竹拂雲當秋天
安得疎遠人在下一撫絃

春曉

國破家碎時我敢期安樂床頭無麥飯長官免抄掠
卽此一事無豈不寧魂魄樹又懸藤花下上語黃雀
曉起坐石橋養生亦不惡猶有養生心待此固不薄

與朱

人在兵甲中賴此春光蚤禽鳥亂鼓聲開顏在花草
風雨閉書堂久已絕論討大兒善淸談偏師幾于道
仲弟護幽蘭位置向我考季弟名酒多呼我來傾倒

朱家三株樹天以遺此老過之知必醉蚤醉一刻好

贈趙公簡初度 并序

乙亥四月七日爲公簡初度伯蕙翁叔繡夫子先不膚子方兄亢老亦公桑老洪綬弟子師姪伯翰邀山陰趙欽子武林闞子書表弟樓祁生合錢觴於楓溪公簡曰馬齒加長何煩盃斝洪綬歎古人髮燥即有事天下公簡少時便當有愧于此乃至壯時始有是侘傺耶且洪綬長公簡一年乃安焉醉飽豈不可歎公簡且引滿洪綬歌詩諸君或起舞或馳馬或卧石或牛飲毋使公簡與綬酒後不

乎然諸君亦皆非少年也人事天命可相寬大

溪上千株樹溪上千重山溪上頗有酒溪上頗得閒天亦不薄我置于丘壑間茅屋容我靜酒徒遂我頑投老太安穩難得兩鬢斑浮名豈不慕欲慕實所艱

婦二十初度書示之

婦王子僊女也子僊往矣如形去影女爲兒婦難免饑寒今日初度乃心傷悲嗚呼山陽邃聲石坪殘月可復理乎可復理乎

新婦年二十殺雞觴老嫜持杯將上口痛感子僊亾子僊若在此兒婦拜兩行戟手而訓誨岸幘而投牀

蘿月不當午必不歸横塘今日啼不得瀕淚嚥我觴

其二

新婦汝諦聽我貧饑寒汝指使小女奴不能爲汝處

汝雖不明言豈不心自語賣畫積少錢爲覓田家女

今日懸帨辰豆觴何爲舉老翁甚羞慚無言聊相許

陳則梁索予寫一犬一牛一人云犬需忙牛需

困人需極閒如其意寫之復索題此

烏龍夜不眠主人曾知否老牸繫枯杏刀斧在其後

老翁知其然棋分左右手溪山坐清風養生亦不苟

哭朱綴菴

老來見老友有逾骨肉親老來喪老友有逾肉骨人
同居烟草中對面泣孤臣子今散其魄我則離其神
俗念之所擾乃悲此沈淪若以達者觀賀子得歸眞
若以世界觀賀子得脫身

其二

老來無新好唯有老友親連年逢殺運多爲泉下人
嚴子死憤懣公威馬子死海濱巽倩沈子死奔命素先蕭子死戰塵天楨朱五死于酒集菴朱四死于津壺嚴我兄今又死令我更傷神交友能義合居官能
食貧

夢道闇祉叔過予永楓菴記事

汪王兩道友期我居山麓道闇買黃山結茅種松菊媿予實重遷不能居山谷祉叔亦重遷守此數間屋道闇數招余余亦招祉叔嘯歌入黃山爲作畫幾幅空期有兩年情事悉短牘昨夢兩人過移榻牛頭宿山僧買村酒老僮割乾肉酌酒清溪還各捧佛書讀實事不得成一夢亦清福嗟此兩年期不如一夢速

勉姪

君子有諸已而後求諸人我則無諸已何乃治汝身其心實懇切願受我諄諄進德而修業溫故而知新

顯親而繼祖致君而澤民古人之好學無論老與貧
況汝年二十不必事樵薪功名有天數道德無等倫
貴顯固滿望儒雅世所珍二者若兼得汝則大我陳
悠悠吾老矣瀕隱坐川津

東坂

我世承祖德業儒不業耕饘粥粗不乏少而成虛名
無以報祖德中夜傷我情田父備酒脯邀我觀秋成
對此不爲耻飽餐捫腹行行坐木草際慚愧秋蟲聲

上廪

祖澤日告竭吾亦當知耕行年三十四强仕學無成

受養小人力又無君子名天豈獨私我而無相奪儔諸子倘不學寧不墮家聲農事當習觀庶幾能治生

風來

灌木坐亭午風來芙蓉波欣然弄筆墨樂哉咸短歌自得則已矣而求人解何自得固足喜何如同好多非爲媚世說孟子稱柳和

牽牛

秋來曉淸凉酣睡不能起爲看牽牛花攝衣行露水但恐日光出憔悴便不美觀花一小事顧乃及時爾

青藤書屋示諸子

竹匣我書屋藤蟠我佛屋無酒索人飲無書借人讀
亂世無德人無可邀天福天或誘小喜大災從而逮
老人微懼焉前途得無促佛法路茲茲儒行身陸陸
酣身五十年今日始知哭

雞鳴

長夜何時旦曠年之所憂白日升扶桑一朝之所愁
曠年終有期一朝安可謀鐘聲送月影雄雞叫牀頭

其二

爲人不達理朝暮感人生難爲隱君子生活在市城
城市爲生活豈免見刀兵所以愛日暮醉睡神不驚

有時得佳夢復見昔太平頂切雲之冠爲脩禊之行
攜桃葉之女彈鳳凰之聲勝事仍綺麗良友仍菁英
山川仍開滌花草仍鮮明恨不隨夢盡嘐嘐羣雞鳴

其三

生死事不究何必任于世究之不憂勤久任亦無濟
少壯太平時身爲酒色制老憊兵戈時始爲生死計
我聞一古德至晚必垂涕日又過一日斯言吾當勵
吾郎百歲壽今已五十歲雞鳴非惡聲聞毋泄泄

得象兒

吾今得兩兒可慰老年醉吾醉必扶歸或就席間睡

甚累同飲人不肯輒先寐必欲候吾醒負歸親送至
過此十餘年此子能伏侍便學五柳翁籃輿可隨意

永楓菴蚤起

山寺夜話長起來日滿室捧腹看雲烟慚愧自縱逸
道人散林間作勞苦不息還問常住僧荷鋤已先出

八叔索詩

孟春朝雨歇溪山皆新清諸叔步塘上索我作新聲
我詩甚平易率意書其情非若沽名客奇詭駭人聽
萬事貴淡漠豈可令人驚郎以詩家重大道貴隱名
安得并平易默然不一鳴

郊行

二月朔日晴農事漸可興老翁耕不輟稚子亦學耕辛苦而卒歲婦子或不寧且莫歎縫掖觀此殊怡情

飲於東坂書與同飲

閉門看春花悠然寫妙句出門看春花悠然坐芳樹嚮香不日盡行人不相慕市上諸少年結束令人惡血氣有微時全盛有散數輕薄數當盡須臾委朝露世人少慈悲見之相噴吐爾我庶幾免實爲子弟懼今日飲酒樂明日天或雨凡事不可知此心不能副

予退居種蘭數十盆無見樓種蘭五盆門對小

溪古楊數十樹不能定其飲所

我欲出門飲數居皆蘭香我欲閉門飲溪上皆垂楊一日閉門飲一日出門觴蘭香半月歇半年楊葉黄

溪上

溪上春水漲以待桃花浮桃花尚未發負此溶溶流及至花發時水涸不可留

戲示爭余書者

吾書未必佳人書未必醜人以成心觀謂得未曾有爭之如攫金不得相怨咎請問命終時畢竟歸誰手功業賢聖人亦有時而朽筆墨之小技能得幾時久

愛欲歸空無豈能長相守

仆木

道旁仆喬木羣聚計比隣幹取爲棟柱枝葉摧作薪
在昔無枝葉不能以悅人今日何相弃青芬等荆蓁
枝幹同一體輕重有等倫

長麟得成郎喜賦

吾年三十二今日得姪孫可歎復可喜行吟空一尊
吾家子孫少每想子孫繁即吾終放隱提攜游田園
敎之秉道義庶免大吾門

寄懷王鵜癡

學人渉時義頗能平淡言書舍在松石有時不開門
買得一狖子摩弄坐竹根心境雖甚好但少達者論
喜聞吾子至秋天道寒溫

◦題画與兄

買得新熟酒而咏初開梅得句何必妙身名如刼灰
率書而已矣復進數十杯

◦醉中画荷與元魯叔

舊時西湖上撥棹朝暮游美人催新句大叫書高樓
人以風流觀而乃歩影求求欲將何爲落葉風颼颼

懷十三叔

人性最放豪必當有所歸吾叔以筆墨百動不一違
高山翻語錄秋風吹我衣遥想幽思人君當壓光輝

。宿水流花香小樓聞哭

吾鄉甚炎凉不敢還茅屋豈不明了之此中覺慚恧
所以濡湖山買看殘枝菊放船作書画月午始歸宿
一勺不能濡忽聞東隣哭復舉一二觴草書四五幅

蒼頭來

蒼頭從南來遺我尺素書書中無別言責我歸躊躇
非我好俠游有意不得如復當牢騷病五月不得除
將書數舒卷撫膺長嘆吁

范夫人

有德必有後如我范夫人二十爲寡鵠霜雪悲昏晨紡績撫弱子於今爲縉紳教子成者衆如斯最艱辛破額達二老復能多鳳麟

夢美人與語念之而不可忘恨語絕影响形留彷彿申旦悵然故記之

所語不復記不過清的的薄妝共餘膩尙復能相憶憶入秋林杪無處非黛色

招單繼之

春來晴和天溪山光晶晶不但梅盡開樹上有啼烏

鳥聲日漸多每起坐清曉有游必有詩不欲游草草
酒伴雖不孤繼之不可少兒當爲佛時懈之恐不了
君旣許助我渡江幸及早已曾邀鋭師與君夜談道

坐廣懷閣贈七叔

我欲爲樓居倚山而臨澗無錢不可得市處又不慣
我叔開高樓遠山可四盼留我與讀書酒食爲我辦
尸腹累安邑此語良可患

護蘭

梅花一事已解與蘭花當春寒復陰雨蘭花不甚芳
數日必晴煖定能香滿堂靜言彈琴客邀坐花之旁

安可用酒客來賣王者香

無酒

棠梨成秋實采采凊霜曉秋山發春心棠梨啼羣鳥
呼兒移尊來亂石揷叢篠幽妙愜幽人遇會此良少
兒云賞筆花前夜酒已了流連忽成詩歸詠月皎皎
無酒歎一時酒錢歎尙杳

王公路見贈銀燭卻寄

生平無善狀不敢嗟轗軻饑餓萬山中將及採山果
時有好容顏泉石幽處坐王生非富翁野鬼復窺禍
左右枝梧中乃心切顧我銀燭遠寄將繁情不勝荷

雪夜讀楞嚴苦於無燈火課程蠟底盡苦於腹不果
二事都苟完老翁豈容惰

愛蓮菴蚕起

生死不安命避亂徒間關所慰者僧舍幽桂脩篁環
看山愛蚕起閑雲未出山有山不愛看雲更比我閑
少焉匹練抹乃至蒼狗斑雲亦煩勞擾況我落人間

失書歎

垂老始知悔學古拾餕餘小兒强解事不求甚解書
已又學嗜酒書理日益踈十年婚嫁事中藏日空虛
人生有本業各寔則何居下地見祖父思爲老蠹魚

家難書盡失仰天一欷歔稍購數十卷賣畫買衣御
閉門藤花下泛濫而菑畬庶幾養老癡護惜玉不如
兵來復盡失豈非天喪予老儒有何好祖父豈慰諸
愛書書盡失將我愛根除豈非天祝我無乃不喜歟

道安惠米 道安即綱思

饑餓憂愁中商君米見貽兒子手加額人天路不遺
是非　心血作飰分一匙聽之雖可笑然而大可悲
乞食於其父艱難乃如斯輒作一頓飯兒便連手馳
吟咏入松竹飽餐釣波池魯國越官吏江上逍遥師
避敵甚饞虎饞民若養貍時日曷喪語聲聞於天知

民情即天意兵來皆安之

王紫眉寄贈却謝時紫眉方集古今諸説有補經濟者

有贈無所答答言當入山攜君手錄書坐我松杉間

虛荒誕幻説碍理弗遽删有禆世道者存之備一斑

半世讀書苦市廛長閉關經術付亡國書成聊破顏

天狗天狼變天道未好還一日起倉卒欲閒不得閒

作畫

吾家本溪山不能溪山居賣畫城市間神品賣不去

攺途而貲生貶道難自恕終當饑死乎老夫徒煩慮

不如寫溪山飛夢得寥豁

寶綸堂集

暨陽陳洪綬章侯著

男字購輯

孫豸對讀

排律

元旦山行

短生隨臘後長世駐春先都識傳椒酹誰當思豆田

鶩見壓鬢勝栢柹挂簾鮮風俗前朝繫人情尊古聯

禿翁悲故國瀕淚洒新年有景將梅雪無心料酒錢

韶光照老眼盛享望高賢試胆難爲盜勞身怯運磚

體輕靈壽杖慮靜雪心泉情性林中悅東風散曉烟

挽王正義先生

亡國難存活天王想作賓溪邊留節義聽下忽君臣勸戒踰千語同羣號四鄰儒爲死社稷詎止媿通津竈婦歌纔掖田夫駡縉紳予曾相解說汝莫責斯人金玉心薰久衣冠認豈眞達官雖甚富博士亦非貧漢篆秦碑列商彝周鼎陳穴笙青嶂雪字舞絳樓春弱女方窺戶雛兒怯負薪若能搖意念揮去定精神談笑追前哲從容具夙因全軀于沒命隕首是生身尸恥言吾道躬將明大倫管絃吹浩氣帖栝種良珣

事比朝班烈名非兩胥伸衆稱存聖學自悔未頑民既得朋如矢何須淚滿巾柳橋當月夜蘭盞泛河濱潘子從而溺陳樵友且媚但隨薤露客敢逐水裔鱗羞我宵無夢懷鄉日在親陰陽原不間聲息復離泯

靈岩將移席堯峰諸護法過詢有作

震澤都靈奥連山造異峰峋嶙太古色森錯梵華宮幔捲湖光入頤支霞氣通象王迴一顧天樂響層空花鳥皆談法禪餐正可中點頭曾許石趺坐不嫌松地勝矜奇賞朋來見道公自憐乖杖履遙唱寄穹窿

懷吳姬蘇二

耿耿歡應老遙遙我自勝巫雲低翠黛洛水結紅氷
環解祈韋氏釵分見茂陵天蘿雖不學女蔓竟難憑
巳病穿衣鼠深慚飽食鷹遠離懷古俠竊負想胡僧

新晴獨酌無見樓
高樓滿日光春氣更清
古畫流新色寒梅發艷香
亂書勤自整好景未能忘
細讀淵明傳頽然多數
觴
懷來五季
若輩悲年數人偷索
居怪儂懷爾切自爾懷
儂餘指古刷亂性閑心傾
大書但能常拭面不惜
昇籃輿
濟寧有感
省白景來航九曲河清
霜暨地早落葉越山多不
復安貧訓其如喪守何鄉
心羞改節掩面吞悲歌

賁綸堂集

暨陽陳洪綬章侯著

男字[illegible]輯

孫豖對讀

五言律

五雲山有感

五雲最高險數十亂峯間落日鳴秋樹長江盪大山

游思雖不已幽討愧餘閒遠望多悲歎笳聲動漢關

寄老琳

碧山棲倘杳皓首寂無聞見客新斗飲懷人舊馬軍

毯
野角低寒月竊毯下水亭
閑河令欲凍舟楫亦將停鞍
馬能歸否鞋雖從此往敌人
來劝酒風冷又吹醒

又倒和前韵 入秦望
顛狂誰用買對樹閱山縣
岩遠懷遊客松深緩下車
老翁調稚子嬌鳥餞仙苍
野宿多清福三餐爭與茶

摧殘湖不盡鼓舞我成羣子若來看日拏邑宿水雲

送朱錦衣

夜飲遲公子秋江送錦衣舊詩方一歲新別又雙飛天子將皮弁親臣敢曰歸如吾得潦倒論古釣魚磯

入秦望

入山春事見斸爭與收茶秧未能青浪田猶存紫花游盤窮暮景笑語度輕車更喜錢多帶村醪竟不賒

元旦有感

元旦椒盤頌何心舉一觴賤愚隨長大兵革嘆飛揚東顧堪揮淚西瞻欲斷腸感時將六載莫自老馮唐

送蔡漢逸

紅樹宜同飲胡爲辭我云窮儒雖好客薄粥不留君
忽遠猶龍狀唯看隱鵲文友朋難脫手骨肉易離羣

晚發山陰

晚發蘭亭道清涼愛久留小山皆靜遯踈樹亦深幽
車馬隨行緩神情似浪游當罏立小婦索飲兩三甌

掃墓 用正韻

寒食澆魚酒生平感落英雙孫好棗栗老母鬢還青
石吐文園稿珠封桓氏情清尊移墓草揮淚石頭城

山陰道上

今日天陰好千山看得奢又聞子規鳥還見合歡花
微雨來淸氣凉風翼小車事當新句寫景用畫吳紗

寄來公子

著頭傳札至問子與何如爲道無交友又言多讀書
瘦腰宜健飯小妹喜安居知我春情否難將酒病除

送郤大之金斗

落莫宜沉醉心知不可無同吾遣按劒獨子更征途
忍棄楓林酒還遺秋月湖客中將別意寫贈古賢圖

宿宋莊

覽極兩湖秋來窮北嶺幽貰居逢竹塢留客得山樓

好鳥一聲去美人三度謳詩僧時過我著意此夷猶

坐岣嶁山房

山裏坐深秋尋居得最幽老楓圍曲徑修竹隱高樓有句有人和無時無玅謳六橋諸畫舫數日出夷猶

寄自趍詩

自趍曾約我必過小庵來竹下當茗飲楓間把酒開扣門聞遠出坐水久低回尙復相期否此詩故一催

贈恒如禪師

吾師久不見訪我讀書林道念何須証游情喜復深北山夜分走西澗日斜尋可惜三年內時時缺問音

一作送元眷拌之五河

書與以靜禪師

知吾篤好酒大甕一千錢亂寫梅三幹草書詩數箋
冷泉洒熱面高嶺坐京天最善禪和子不將玄語纏

送九芝伯十叔之五河

歸期君已定何必感高秋但好通宵話難忘竟夜游
窮經當細講服藥用深求休憶吾蕭寂藏書有半樓

與不飛長堤夜行

皓月含修帳翱翔散柳塘山空秋老色人靜夜深光
極覽偕吾子遺恩滿屋粱瑭言當此際歸去諒難忘

寄沈子雲

羞渡錢塘水年年羆瘦顏得書聞病起招我喜君閒
數負尊鱸約非因家事難深憂悲白髮未許出青山

懷孫子荆

孫子清奇士窮愁誰爲憐余將分藿菽子奈隔山川
念及徒展矣書中空藹然吳游未可定多過暮春天

予見攢兄亢侯爲予買酒買舟遊南屏遂十三
叔公十叔姪翰郎客單繼之相寬大醉後書
之

雨中最寂莫今夜獨歡然我恨貂裘敝人憐毛羽鮮
一尊頻換燭七尺可懸天不信通經術深山老此氈

亢一作元

兄以綏兒擯以酒船寬大於湖上醉後賦此

阿兄備酒饌買舫爲吾寬立命唯酖酒知書愼得官沉淪前世事詩書此生歡若言名位遇非易亦非難

寄祁止祥

君今先我進曾念我曹否夕陽酣小閣清曉臥高樓文章偏入奥詩賦不言愁清淨西湖水況逢九月秋

湖上飲亢兄酒

吾道無憂喜此中强自平譬如不識字何念及功名秋思深林步詩情夜雨生阿兄呼酒至舉火斷橋行

予數不遇唯繼之數與游酒中感賦繼之吾知

友也

單子眞吾友蕭條日伴吾不將書畫擾每欲酒船沽妻病畱能住時窮便不畱雨窻今夜醉仔細認狂夫

喜朱錦衣兄弟還越

太傅居黔久金吾料蜀長穠芳迎駿馬兄弟過瀟湘開畫觴山驛敲詩折墅棠三年兩離會秋雨憶坠堂

祁止祥

同是沉淪客遊踪不可期君當無慨嘆我亦少傷悲急到湖船飲而尋山館詩來書吾細讀字字有餘思

淮上寄兄

行路無千里，時時旅況殊。風霜雖未歷，客念寔難驅。

安穩過平望，憂危渡太湖。懷君今夜淚，不覺勝姑蘇。

淮上寄內

少小爲征婦，那堪多病身。家書愁未到，苓术自艱辛。

服藥難療疾，忘情可益神。田園須料理，休憶遠行人。

送馬師入覲

官銜一日酒，車馬上秋原。師傅嗟行遠，詩文恨莫論。

病瘡難渡水，知遇不能言。何以圖相報，唯將古道敦。

一作沈子云留予與來五茸別業書贈

贈沈子其

無山成僻地，獨樹得名園。看書不招客，灌花長閉門。

偕吾好友宿呼婦索淸尊伯藥西園意爲君寫此軒

和奕遠以詩招予入化鹿菴索和用韻

重巒入竹徑小屋嫩雲窩道者提壺與頭陀帶酒過借君尸博士與我話巖阿投水栖山福書經寫佛多

無錢買酒懷劉道遷

家貧人送酒酒伴必劉卿擊鉢山堂靜揚舲風日淸賞花同夢事招隱致書情毎到無錢日支頤感此生

奕遠寄詩招入化山

菊水佛堂繞竹雲客舍廻我來養痾骨君勉掩奇才秋色憑君看春醪待我開此間山頗妙意欲暫徘徊

來鞠岫邀飲席上賦韵書勉諸子

除夕醉後

歲時聊一奠柴米積三朝山館觴除夕兒童說舊朝
寒漿燒竹葉凍鵲啄梅條多謝隣翁子醉歸扶過橋

看紅葉

樹葉凋殘赤相看固可悲偏無遲暮想最愛季秋時
色相移真性因循失遠思偶爲感慨句必欲令人知

送路師歸省

吏部昌明世還山省老人黔婁僅竭力石建未榮親
冠蓋論經術漁樵思隱淪作忠斯盡孝聖主得賢臣

梧桐園
贈劉四不流

開尊秋水上道故夕陽前別後只如此將來未必然
芙蓉看弄色楊柳想新妍勉矣諸公子休教嘆暮年

[redacted]

習靜能偕子神心倍覺安晷翻書數則便不媿三餐
秋景看將老年光惜欲殘要知憂樂境事事毋相干

[redacted]

橙黃橘綠天邀我到蕭然豈不愛卿飲湖山月欲圓
草書來韻士妙畫換嬌絃莫若相過好樓船可借眠

無米

褐衣塞屋漏經晷種秋花無米耆頭告高隣老父賒

吾生太不惡異國樂何加有客相招飲奇書堆滿家

種花

新種花當活黻盆雨夜深人貪唯草木天易慰予心
栽植看生意芳非費苦坚索裘俱不事潤澤小甘霖

聞東事有感

天時猶莫測國步必長延幼主惠元老宰臣弗攬權
祖宗留厚德孫子享長年安得書濤白溪山覓酒錢

喜周元亮至湖上

獨脫烽烟地同尋菡萏居半年兩握手十載幾封書
人壯吾新老兵銷會不疎此來難久住一笑一欷歔

二

索書蒼夫任生綃伸屬人雲車驄馬日桃葉大堤春

筆墨神霄譜裝瀟鸞雀新開看湖上月簫鼓雜嘉賓

寄周陶菴

別後病三日始成出處圖松棲處士跡騎擁武侯軀

酷學高人筆深摹偉丈夫吾思易地語予忍負之乎

歲前三日

陸陸過三日匆匆盡一年新聞曾未博舊得已茲然

既好遊山矣兼之貪酒焉暫于此際悔不覺復如前

御河橋

東橋

放馬春城曉銀箏布穀鳴有人催好句無事寫新聲玉雨谿橋夢珠兒棃栗情緣帔雙髻至清吹鳳皇笙

避暑湖莊喜沈大臣至

老友一兩見芙蓉波裏逢猶譚興廢事難隱最高峰子計售文字吾生賣畫松書巢如補葺觀美且從容

[redacted]

學道恨不蚤深憂氣力微未知我得失安辨人是非手種香豆長眼看蛾子飛講明書一則茆店弄月歸

[redacted]

日日移尊至慚惶不可支雨中多酒客病後喜題詩

老癈人偏愛因緣我自思天晴湖上去久別好相知

種蕉

雨際當移竹天晴可種蕉春光好詩句曉景憶元宵
老去爭書媚情深怯婦嬌湖船新月上兵革歎難招

小雪逢雪

小雪難逢雪霏霏報有秋何當三日積消却萬方愁
白戰閒詩舫紅裙上酒樓都無少年興拄杖踏谿頭

回頭耳

雪滿山陰道吾當還草堂人慚新歲月梅發舊時香
事事覩郵䢴勞勞歸故鄉遙知老兄弟溫酒望寒塘

秋暮過牛頭山約
先生即來久住

孟夏晨坐

清晨倚石橋小樹揀華嬌孟夏新光景老僧何寂寥
回頭思去歲豈望有今朝索酒誰家好寧無谿友招

[redacted]

雪乃滿湖船來投寫佛緣神通方便出福德止觀傳
結集唯三子郝能遍大千完時放魚鳥直得一文錢

[redacted]

病足乘驢至秋香到法堂慧人酬妙語老納起禪床
已約經旬宿歸攜數口糧本來難頓悟相習意深長

[redacted]

剪落入城市拙哉隱者倫親朋雖傳食景物最傷神
老病趨官府還山媿野人往來輕似葉幸不厭淸貧

[redacted]

筆墨轉像法餘功飽看山身雖終梵宇名尚繫人間
兵革成投老園蔬欲放閒野人談治亂無奈意相關

[redacted]

半載兵戈隔一朝揮手難山中人盡餓我忍自加餐
糊口宜城市何心修藥欄雖來數晨夕知有幾時安

[redacted]

野曠風輕靜江深水檻浮佳人看弄櫂稺子學垂鈎

柳拂翻黃鳥荷披散白鷗閒心與逸興長夏得淹留

[redacted]

柳帶江門碧松連石壁青蕭蕭涼雨過淡淡野雲停
揮麈傾譚笑呼雲忘醉醒人生幾歡麗天地一浮萍

[redacted]

兵戈民不靖那得免追呼富戶東南竭溫房西北無
一言敢進否萬姓不蘇乎欲寫流民像徐青先入圖

[redacted]

相於兵燹日冠劍集崟堂大道雖榛塞小忠安可忘
傳盃盟教友强飯事明王耻送詩入酒重陽就菊黃

人日出新義
門外馬上口占

魚臺對酒

慷慨過東魯村醪難滿觴地愁無米爨野青盡空荒
續命兒兼女熒生牛共羊如何聊卒歲白露欲爲霜

山東見菊花

南國秋光好山東見菊花凶年無樂地好事是僧家
作實仙能度餐英葉可嘉何當化黍稷牛背唱汙邪

正陽橋

借人銀面馬歡喜看西山羯鼓酒三斗吟鞭月一灣
故鄉聞有賊客店盡爲姦欲住如何住須還不敢還

鄭履公祁奕遠劉道遷與老蓮葺屋若耶谿上

期金道隱來避亂不至

莫怨無琴鶴浮踪聽世人諸君葺小屋待汝過酣春
離亂應懷我移居先買鄰江東米不賤豈得再逡巡

春雪六首

乙酉春雪作如此詩每年豈無春雪豈無詩
歌變聲至此何可言哉綏從今廢投於水濱
耳命雖永慚負以之皮骨卽脫憤懣無窮我
眞愚人也哉不過老生耳老生顧乃痛君父
無終耶吾姪子訓以爲何如

流血天心見不惟春雪多凶豐無兩事南北莫誰何

酒勸長星酒河防渡洛河牡丹鐙月下簫鼓盡悲歌

其二

忠義乾坤絕奸雄亘不多復讐誰與計和議奈他何
半壁窺遊騎三軍畏渡河酒徒憂社稷寧去聽兒歌

其三

春雪卧不穩衣冠爲盜多皇天非好殺刼運至如何
大帥難當賊奸臣導渡河鬚眉效巾幗漆室倚閭歌

其四

此地軍聲大山東義士多旌旗叟老壁餓虎甲兵何
天子彈丸地長城衣帶河棲霞被木葉山鬼聽吾歌

其五

赤心民不少白髮我無多志力都無用吟詩將奈何
好花明越水殺氣遍淮河日日愁離別驚心鳥莫歌

其六

忠義軍難起癡頑老子多可憐先帝恨乃屬豎儒何
痛哭書空上神昏呼渡河逢人示詩句誰與我行歌

卜居薄塢去祖塋三四里許感祁季超奕遠叔姪贈貲

生途何處問大略問山頭有意苦才拙無心任運遊
移家仗親友守墓近松楸不幸中之幸兩賢何處求

寄謝祁季超贈移家之貲復致書吳期生爲余

賣畫地時余留其山庄兩月餘

翠羽脫機至相留兩月餘時時聞佛法事事教山居
贈以移家費由通前路書一人三致意自處欲何如

買兔放生

止酒如三日積錢滿一千難中爲小善微物感皇天
畏死吾當甚結緣兔亦然活人功德大[illegible]在何年

故山

故山秋最好今日斷相思但有丹楓處無非白骨支
難忘生長地癡想太平時萬念俱灰冷一歸夢未衰

立夏

猥藉三春了都無一事成盛年都歷過今日不須驚
空翠閒情往重陰老景生道心留歲月何敢掛虛名

壽張學涵先生

先生以壽教吾道籍茲傳純孝尊千古高文享大年
同人集梅雨長笛響松泉揚觶陰堂上賢賢用勉旃

[redacted]

雨雪坐春夜博山爐尚紅添香忽見酒酒盞不呼童
既醉成潦倒行書喜復工此宵人寂寂樓上受松風

寄何大

雨雪獨飲

一作入何村棠三兄弟固留以事歸明日却寄

初一作粗

一作湯圃

思一作興

何郵眞隱地山澗盡深情花水亂流意禽虫相語清
幽奇慚未討高曠惜初行萬塢茶香日當來問巨觥

接友人書

雙鯉病中至披衣一笑開殷勤謝使者仔細剪燈煤
此是西陵至如從北海來曾同梧樹下笑舉看山盃

觀梅

梅花盛卽幾曉起踏霜看暫止清尊賞聊將幽思觀
飄零何太易榮茂每艱難小摘吟歸去復還一倚欄

[redacted]

多此兄弟好實因名理親窮官安食粥貧士善留賓

舊館梅花夢，新春浣水人。八行如喚我，衰病鼓精神。

奕遠贈予移家之貲却贈卽書扇上

連年衣食子，兵亂尚分金。刼掠無餘際，相憐復爾深。難空亡國念，幸斷喪家心。浩唱千峰月，偕君老石林。

東光

東光逼雲嶺，皎皎遍空庭。霽色催新句，餘寒喚鳥聲。野梅若吐韻，官柳便含情。著屐誰家去，今朝不可醒。

一作春雪霽步奐
東光凝積雪，皎皎北山亭。霽色藏新句，清寒勸醁醽。野梅如帶笑，宮柳便含情。著屐誰家去，今朝不可醒。

山居

巖阿君避地，卜宅我爲家。谿女能留飲，山僧遠送茶。學仙堆藥草，供佛種蓮花。清福難消受，團瓢不用賒。

東龍潭與孟
子塞流觴
送五叔之五河

過燕客出伎小飲

懷卿好泉石暮雨急相過翠燭籠春樹紅衣惜艷歌
良時知有在得意復如何珍重斯佳會中原征戰多

夜飲

脩禊流觴事吾嘗到處思豈來五世矣而不一爲之
得句羞前哲行歌想後期天教狂到老復至更奚疑

千里別無恨有懷在醉翁棹頭楊柳色驢背落梅風
酒勸揚州女歌聽吳市童歸來茶正熟生活竹溪東

示招予飲者

屠戮時方熾肥甘業有餘吾爲几上肉子亦釜中魚
戒殺子福積不餐吾懺除酒徒作佛事市脯與園蔬

其二

不食相公福殺爲惡獸因優婆能作念羅刹便離身
果報卽弗論人心可遠仁周行惟佛道首示是佳賓

其三

嗟吾用葷酒累爾動刀碪年老持齋病多時特殺禁
一盃餐子肉半筋斷慈心歸食屠門便猶開漸教深

其四

衆生殉盛饌殺業餉吾家諸友如招飲一臠飛罪花

人糧在頃刻魚肉報奢華白兔胎毋煮翠濤酒是加

醉

百計歸都失三杯力未加潑星司老命戎馬且浮家

今日喜得醉嚴冬顧不奢田翁收秫好多半我生涯

寄友

故國想猶熱知君亦不還背過老兄弟重話舊湖山

雖乏紅裙醉同眠白露間但存高興在切莫説時艱

菜田

種菜悲燋土移家嘆陸舟百年終眼底一旦上心頭

鐵騎明州去金戈越地休土人長保障郵社酒相酬

夢劉道遷即記其事

目斷劉生至同登秦望峰夢從琴峽水話到石梁松
詩見儂懷子書知子憶儂道途兵甲少相晤在幾冬

祁奕遠以杜少陵寄王中允詩韻索賦走筆書

扇

山鬼幽篁裏夫君湘水深虛名追魏勝實事媿王琳
來世完忠孝今生守道心秋山松月下老友動悲唫

自笑

世味苦不耐俗心猶未灰靜林能寂寞棘莽尚徘徊
半載學小隱一生懷大開終成山水癖豈是道人才

書小景與朱子穀

亂竹平三匝深松樓數間老人逢殺運寒雨病空山
定業誰能逭憂時今得閒屏風畫遠岫幾筆似荆巒

宿林蒼夫家

春月客懇滿明朝天氣佳湖船云即買書畫任安排
老景如斯好家山不去懷燒焚遍村落未得縛荊柴

[redacted]

春思宜勝我近況遠難猜正值妹將嫁偏期弟不來
梅溪當少醉書篋豈常開深念君懷抱猶悲病未回

且止

朝出先朝雉暮歸後暮鴉庶幾彼山水遺得此身家
五十明年至千秋今日嗟強爲寬大語佛法眼前花

其二

五十看亡國百年不若殤人倫心早死農圃力非強
避地完經濟聽松益法堂吾生草草盡兩鬢點星霜

其三

啼霜白雁至秋草命將鄰自分爲儒者誰知作罪人
千山投佛國一畫活吾身身貴今堪賤隨他終日貧

其四

淨土開生路名山收廢人可憐從聖教竟不識君臣

沉醉胡無恥丹青枉有神埋憂買岩石樵牧喜高隣

其五

老嫗高隣最慇懃捨小山就人竹萬個結我屋三間
泥水粗能蔽蒭蕘好往還吾生幾兩屐何不且偷閑

其六

貧婆離女相喜捨給孤園傷竹安禪榻依松闢小門
棟梁皆骯髒檀越出荒邨規度都從簡人工不憚煩

其七

茅堂雖結構繡佛杳無期俱胝旃檀相爲波斯索施
高昌流像法質子著神奇欲報唯作畫修持無已時

除夕示內

其八

觀相幾句筆如登兜率天居心先淨室乃敢學參禪
豈望今生會將圖來世便儒門收不了釋氏得安焉

[redacted]

聖主憐才子還山養大儒一官眞故事萬卷足菑畬
勲業春波棹行藏雪夜青君當善自愛盜賊美兵車

[redacted]

明日爲元旦呼余脫舊裳有何新氣色重接好年光
結采論疎密春符較短長後生兒女事也與細商量

歸自渡東橋東謝張名子惠米

新霽索人酒城東蕩小船心中離亂事聼下艷陽天
米價雖時長朋交却日聯少年抄掠後也爲老夫憐

流光寄王予安紫肴

亂世流光綴高秋魑蘖過昔時曾苦短今日厭婆娑
經濟歸鋤尸篇章及挽謌虎頭來告我我亦竟如何

其二

白日驚魂去黃昏怪夢來時爲煎壽藥生是苦心媒
水月逢秋老論詩柢暮回流光此際可急付一螺盃

其三

秋水湛方塘疎窗滿桂香流光眞潔淨戰鬭愈張皇

書借何心看名虛無處藏蜘蛛結小隱不復憶滄浪

病中

老子暮山下殘梅落照中病深纔節飲年邁不栽松紈扇人來寫丹青道未窮四鄰多覓竹披拂有清風

其二

羣兇吞噬盡便得望松楸五載千行淚半時一拜收春風舊酒伴秋月小山樓衣食親朋計還家可緩謀

其三

戒我勞心想病夫安可閒朝朝携好友日日看名山人事都相諒歌吟頗不艱桃花中竈盛坐到落時還

其四

有事惟療病無心卜吉凶主人常問答二豎任相攻
作畫名根出吾家自立宗時時具此想藥氣不需濃

其五

病不離山水茆堂春又深書從老友借詩與小兒吟
禹廟花朝過蘭亭上巳尋漫言携藥具煮酒勝燒金

其六

得病吾非淺分憂友特深匆皇尋妙藥周急贈兼金
趨事惟花事醻心只佛心沉疴容易去學道少知音

送顧平叔還金陵

秣馬出城闉堪嗟兩地身疎林茆店老古道敝裘人
聖世君猶困豐年家亦貧愁心君莫起談笑渡江津

邀孟子塞 丁卯九月

吾思孟十四的的是吾兄詩與文皆淡神和品共清
不能常痛飲每想數同行今到西湖上何爲游不成

聽雨

中夜喜聽雨聲如春雨聲全無悽厲意漸有發生情
每日聞新政何時乞罷兵翻書求實用主上甚英明

中秋飲祁季超講堂陶去病祁奕遠示予二詩

索和

意外看秋月人生别有天和歌終令節酌酒慶餘年
佛屋龍池會江湖豺虎眠二毛隨汝至我自不相憐

其二

離亂中秋月團圓小洞天主人貪善地客子樂幾年
俊物能佳句衰翁只大眠久留猶未去敢不受人憐

懷道遷感其數數周我家人

自給且不暇暇周朋友家太平人不肯離亂汝相加
貨踴魚蔬餉時艱道義奢文心老子讀交誼古賢嘉

放田猧 有序

山間有狸屬俗名田猧狗類而猫大幾食五

穀之類人能殺之則甚於除田鼠也當其被
擒也孰得而放之哉老僧聞其亦有功於苗
田苗田多爲鰌鱔所穴而水漏去故農家當
流金鑠石之時老弱營桔槔引水甚勞苦猧
乃善捕食鰌鱔鰌鱔之慧者相率遷避陂池
中則猧之功過可相準否老僧見官吏之虐
民者王法不能戮官兵之殺人者清議不敢
犯門戸至殺其異己者而生其賣國者區區
田猧而人便按其辜而收之哉田父得一頭
將就烹俎老僧謂宜憐而買放之則用錢五

十丈而放之日又放一頭田父竟不用錙量

以論直也孰謂好殺者而無好生之心也

大地張羅網愴然衲子心兒童機械熟蟲蟻業寃侵

買主爲貧老虞人不論金庖犧吾有恨欲感比鄰深

其二

飲水而食草卿非惡獸同雖會殘菽麥豈故壞田功

隄護勳誰錄穗傷罪必窮物微兼害細誅殺敢稱雄

其三

卿卽殺人罪爰書殺不矜細蟲能捕斬小子便相凌

盜國誰輕議偷雞罹重懲好家居撞壞刑戮固其朋

祁奕遠館余竹雨庵問余行藏卽出黃石齋先生所書扇上詩索和隨書其後

買山先買水兩事最難期已得槃谷地不爲悲憤詩大山謀筆塚小隱裹蛛絲老子安於義小兒非所知

其二

獻策空憂國著書徒備邊明時耗精血亂世苦衰年家破輕遷室人饑難種田所祈米價賤賣畫不羞錢

其三

長林作壘林立命不爲深形影或可匿飢寒豈自禁老兒館穀意大弟贈遺心歸去如酤酒小妻拔象簪

遊奉聖寺

國破忘情罷孤忠付後塵髡鉗難自恕酌酒愈傷神
擾擾尋山館依依親野人萬松古刹裏倍痛及君臣

寄謝商綱恩餉米兼答畫觀音

安受同人惠報惟筆墨謀此君常見笑令我不能酬
米貴遙分餉佛圖聊爾拔貧兒原感易兵燹更相周

夜坐

生死強解脫夜闌枯坐時松濤好詩料雪意發清思
我有何修德天寧任所爲焚香待蘿月鬼雨泣山魑

其二

早作登山候夜眠念佛期松巢療酒病竹塢借吟詩
喧閧報更烏燒燈誦句兒老人當此際不識亂離時

還山

也具丈夫相飢寒頗累人友朋情已盡歲事又相因
名畫誰能買知音多食貧晨炊尚有米三醆且酣春

對朱集庵言貧

戰塵山氣慘兵象海雲鋪世界何生意交情留病夫
閒愁酣益甚身命有如無惠米來家後言貧豈憎吾

其二

瓮中有宿儲留我可經旬老友新增病先朝舊侍臣

恐人擬乞食緘口不言貧吾子貧於我知貧不厭頻

草廬 昔有楚僧石言勸予入匡廬者

兵過吾方老囊空酒病除人間原有限生趣戀無餘

鄰媼爲尋米深山絕借書草廬營不就私望入匡廬

留别魯仲集季栗兄弟還秦望卽約新春入城

賣書

亂後難留客客留亦甚難綢繆忘日夕饔飧復多餐

雞犬聲猶寂人家還未安老僧書一束歸坐石盤盤

鹿頭在杭州擬避亂餘杭

聰明小兒子寄食老經生逃命應山谷無聞泣弟兄

書曾括數次猿叫第三聲病母休想問爲余滿此觥

其二

父子雙貧士兵荒走腐儒在家柴易缺避地酒難沽
黄卷分兒輩青氊卧老夫東山草木淺何不過吾廬

蕙苣伯開祖兒不知避亂何地

徒新數茅屋復種幾梧桐僧舍兵將駐山郵盜易攻
太平催不至離亂急難通兒子雖同縣茫茫何處逢

道隱書來道周元亮見懷卻憶

懷從良友寫書自賊中來世亂盟新好天崩困美才
子情我已悉我意子能猜得與先生過雲門闕草萊

寄友

帶水浮還想，屏風度遠情。有朋來客舍，知予憶江城。
莫怨歸舟杳，毋令中酒輕。緘書增悵慕，似聽老鴉聲。

遺樓

無力爲園圃，先人遺一樓。山川殊不足，雪月頗全收。
文字真牙慧，圖書非臥遊。半間懸古佛，要學白衣修。

小構借園

竹自開三徑，蕉能覆蓽門。因之爲小憩，不欲用工繁。
四壁圖良訓，中堂壽世尊。隨人所成就，蕢土即名園。

其二

苟且事修葺深於學道妨野心愛山谷凶歲作茅堂
土木一朝費農夫八口糧償人爲苑囿錢穀詎能量

寄王予安

予安亦爾耳如我竟何如新得資生策重看學佛書
虛名寧可受大業覺難居曲水中秋社煩君一起予

鳳凰山居題壁

莫以紅樹少秋山未可行倘能逢俗事豈必有閒情
密處多深坐疎時亦緩程鄰童雞黍酌沉醉答眞誠

雨中示

三竿疎竹雨一日病夫室書畫得隨意湖山繫所思

以我役於物此身知是誰有身非我有自媿已多時

鄭履公若耶谿閣杏花盛開大雨見招卻書

細雨杏花發種花人閉關感時難駐色促我過開顏
避亂皆餘事聊生只得閒小樓供筆札許畫米家山

[redacted]

避亂佳山水從遊老道人風悲當落木梅望早迎春
茅屋貧良友田園屬難民菜根如得雨小摘供三旬

賀寶甫姨丈續絃

與子親而友深情敢自陳良姻配淑女佳會近陽春
珍重憐新好還宜念舊人滿堂兒女事托付願諄諄

寄元兄

松樓山已靜水館鶴高聲原未成離異何因是不平
要存兄女怨方篤弟兄情肯許溪山月孤懷獨自行

與亦公山行口占

釀菊澆吟屐愴焉乎楚過晚香香有望秋實實無多
那得空情感明知奈若何與君同出處不覺又悲謌

約亦公仲琳觀秋社

會鼓尋常見且爲難得看如何銷冗事借此一盤桓
紅樹來谿女黃花解繡鞍吾曹不速客社長也生歡

與長兄繼之餘古翰公飲於醉蒼亭

無錢買艇子夢想水雲鄉耐此石橋坐飽聞枳殼香

老人傷少壯小鳥學翺翔不覺欠身數夜來多一觴

[redacted]

慶我復歸里僧戶分載酒來酬時思往日毎夜必傳盃

今且看梅去無何插柳回鄉心徒切切白馬未虺隤

[redacted]

八十四病叟五旬二老夫兵戈離會苦盃杓力能圖

淨慮看梅發無徒不影孤所憂聞道晚往昔歲將徂

[redacted]

聽雨山亭飲高懷朋侶同秋聲入松竹暮景出梧桐

草聖隨人強詩編許我工無窮勲業事半世萬山中

一室關勞想六時閑性靈聲聞換鳥語色界變山青
有福來僧舍粗心未看經只愁塵事至不得久相停

雨中與公簡山行尸占相贈

春雨千山裏籃輿偕子行吾言微合道子語必關情
豈止能閑好還欣業不生桃花香艷事已過一清明

彈指一會離因緣非我期老人勤接引小子喜追隨
松月談忠義香燈禮道師莊嚴寫佛像婉說不能辭

到五泄

五泄機緣到今秊始一看奇從意外得危以興來安踴躍登高嶂飛揚渡迅灘夜歸山雨急相對有餘歡

學佛

深竹長松下經行讀佛書禍知何日積我得久山居野老爲鄰友僧寮作敝廬兵戈非不幸反得講眞如

夜雨

豆麥卽無恙田家小有秋兵糧如可繼郵舍則何憂

其二

畫賣虎頭技錢聽痂嗜酬老人難卒歲二物得嘗不

豆麥畏久雨嚴冬分外傷兵荒相繼發農事不需恤
此夜勞悲嘆來年泣稻粱鄉儂入山市多買一壺漿

其三

豆麥即無恙人生太苦勞老奴愁殺戮兒女畏搜牢
書挾聽黃鳥簫吹在碧桃情知不可得設想且風騷

送無又之淮

老衲衝兵氣軍門訪重臣皇陵曾泣諫舊友必加親
書舍圍官柳僧坊借病人淮揚好吟咏又值小陽春

送艮庵五弟歸里

羨子掃松楸吾先作夢遊歸期從二豎未必不三秋

盜賊萌初見舟車或少留非因不忍別曾與老人謀

其二

五弟避兵日病夫乞食時歸欣同里佳實壁告還遲

亂世唯兄弟沉疴必贈詩自知猶未死瀕泪不需垂

[redacted]

燈節多陰雨難逢明月時中秋傳又好老病或能支

隱几依梅影投牀聽鼓吹人間忌圓滿禁酒亦云虧

[redacted]

深山見叔姪悲喜古今情莫謂便有命看來還寄生

道窮當米貴人病復心驚後會何期穩歸宜待月明

書畫

薄粥粗烹就寒衣亦備之栖栖支病骨稍稍及嬌兒
鳳尾箋千幅雞毛筆萬枝太平畊種老抛擲杳無期

風雨

怪風行怪雨蠶麥不能全宿醉雙槐麯奇溫八繭綿
他鄉存老病薄德望天憐西北聊生苦東南得荷延

其二

肺傷辭大白雨暴不開門俗客屏一日奇書抄數言
遊魂招卽至靜氣悔斯存不覺憂晴霽相呼遠出村

與亦公桑老阿琳山行

擇侶爲遊境，胸懷固不寬。廣交寫會性，獨契愛相安。老樹全凋日，孤村亦盡歡。黃昏書小記，當得可人看。

客蕭山徐也赤、張美仲見過書贈

老友難常見，重添金叵羅。各言佳兒少，都爲感懷多。張子神猶王，徐君鬢已皤。苧蘿非蜀道，何事不相過。

歸自蕭山書示君植

蕭山荒夜飲，浣水領秋天。人事雖云達，身名未可捐。心驚思禁酒，氣熱輒忘眠。差喜才居後，超然志欲先。

又歸自蕭山

蕭然入日裏，舟楫兩回還。筋骨罷而憊，神心悅且閒涉江當夜月，取道在秋山。但得怡情處，驅馳亦不艱。

宿七叔靈牀側哭七律

十年同臥起，一夕倍傷神。聊以靈床宿，完茲山館因。聲音永不接，骸骨暫相親。明日藏空木，荒丘伴野燐。

其二

叔父如兄弟，髫年到壯時。蒙師同句讀，操管角奇思。屬望皆能切，窮途各爲悲。至親原可痛，何况最心知。

其三

悲痛終無補，如來度有情。寫經貲冥福，畫佛乞超生。業障君知否，寃情人漫評。莫言前世造，懺悔自分明。

其四

佛事吾雖任遺孤難立身教兒能識字擇壻頗知人在世原關切殁時當更親主張唯二叔有見必相陳

其五

二叔眞難及扶持亦盡情衾棺必誠信哭泣不俱生一妾髮纔冠雙孤議已成妹八叔攜歸許助嫁重泉宜瞑目主櫃妥精英

其六

傳銘吾自寫勒石立茶園輸墨平生愛勞心只此番辭非流世代君可示兒孫但恐濡毫日悽然不盡言

辭盡情無盡更深痛愈深命燈如見影覆面似聞音

其七

月踏歸山魄風聽落葉吟愀然呼二叔相讀哭人琴

喜仲軼至

春風吹好客忽到老翁居未勸三盃酒先翻幾束書
新篇君漸細舊律我全疎越水湖山裏前年各歎歔

買弓箭

南市買弓箭秀才學健兒安危資論說貍首盡歌詩
大帥關弓弱儒生穿札遲輕裘緩帶處寧有幾人知

去歲綠梅下蕭娘未泥人兩翁新病肺一醆未沾脣
鳳女鶡絃度鵾鬟猴笛振耳根聊自慰安在坐清晨

九月晦

秋天粗過却冬日却難過士卒如休息老夫可放歌
少逢得意處輒慶此生多霜雪藤蘿月離騷課子哦

過商絅思索酒

山林反恇擾城市稍平安憂患軟纏久令人容易歡
園翁田舍酒郵館腐儒餐出郭關門蚤山盃商子寬

對酒

故鄉聞壽暴老子且優遊當此天之數何勞我致憂

小妻能儲酒，良夜况深秋。紅葉何時看，霜風起樹頭。

其二

故鄉何毒暴，老子忍優遊。天欲同歸盡，我胡多此憂。身丁斯殺運，已度幾春秋。過此休相問，知非又白頭。

寄祁季超

多病少惱否，一冬闕問安。君當常精進，我只善加餐。茶笋經營小，田園收拾寬。石鱗湯餅會，團扇寫芝蘭。

立冬

五鼓立冬日，三秋愁盡時。善忘爲本性，多感又良知。垂老名心發，摛辭矢口遲。將來卒歲事，無過是吟詩。

、送外父來工部之京
寡々儕能者功名不可期
莫入思作吏虫女嫉蛾眉難
有還家遇由來才子羈三
秋千里別何必話相離

、感事
欲知天下變塞耳不能聞
加賦猶臣職群兇起異箪
鬼雄成北隴嫠婦伏南雲
扼腕登樓嘯西山日未曛

庚申仲春寓武林曉
晚偕孫子荊訪董
嶺々不遇
客在楚思中斜陽聽寺鐘
勝人惟恨見望眼只愁逢
烟色山々有花光陌々重
迴舟緩歸去覓到傍遊蹤

畫觀音

鍮石觀音像傳模入普門公麟愁馬腹截臂感王孫
指爪艮因在青蓮孏業存願祈根性斷一滴灑慈恩

冬熱

冬熱行春令兒於冬至前占言多疫癘兼說少豐年
借屋得歸老寧家思種田種田逢惡歲人定豈勝天

盜賊

不得爲君子可憐就小人縣官敲骨髓將帥沒周親
聊緩須臾死寧知終喪身金鷄何日下相率復艮民

其二

縣官旣逼民亂卽潛移家人苞苴城外請
兵剿滅數千家俘婦女亦數千人復盡藉

達人小天下何乃感虛名
文字多雄識外況不可許
紅蓮開數朵翠羽叫三
聲中有餘悲否僧君稱工
竹

淳邑新爲盜使君故食人處心圖縣令藉戶號頑民縣中居民商賈猶不足藉及鄉民至數十萬古今史籍所未聞也白刃既如意黃金復等身繡衣令按法怨氣頗爲伸

其三官下司獄司胥吏縛去至百數人亦大快也

皇天憐暨邑御史出長安代作生民主先囚酷縣官銀鐺囊首惡縲絏貫羣奸盜賊應知悉投戈或不難

其四秦公御史也

明朝瓦解處盜國賊民多雖或猶天意其如人事何滿庭藍面鬼作鎮白踰婆若有秦公在先清表裏痾

聞道還家於馬塢被盜却慰之兼懷北生留吳

旨酬
春天神氣動開户不能常便
有奇文噴鼻如美酒蕩新年
已留佳句來三章醉踏梅花
月狂書復數觴

壽某叔
客中值初度酒禁大宜開可度
材當老還逢盛君来春風將就
律梅花已靑臨以此新年意為
君壽一杯

、泊橫市寄内
一棹出門去經年便未知歸
期雖不改世事竟难為寧
憶嬌嗔處休懷舉案時劃
甘分女多典沒娘兒

、又
置卻牽衣態強為拔劍歌
秋風吹藥餌別淚盡山河離
日從今少歸期自此多題詩
看斑管清曉上双蝶

興無人招之還

貧生遭世亂被盜值年終雖苦飢寒至當欣長物空
金錢無所贈言語惻途窮老父孤村懼招兒書急還

[redacted]

道心日銷損婬室久埋藏玉臂遮金臂紅香續妙香
由旬鐙可見大行手難長飛過雪船子無言汎野航

[redacted]

筆墨有何貴我能不珍藏兒逢吾鐵史索寫彼蘭香
神與金蓮香恩隨蕙帶長君如作畫觀攜手上慈航

[redacted]

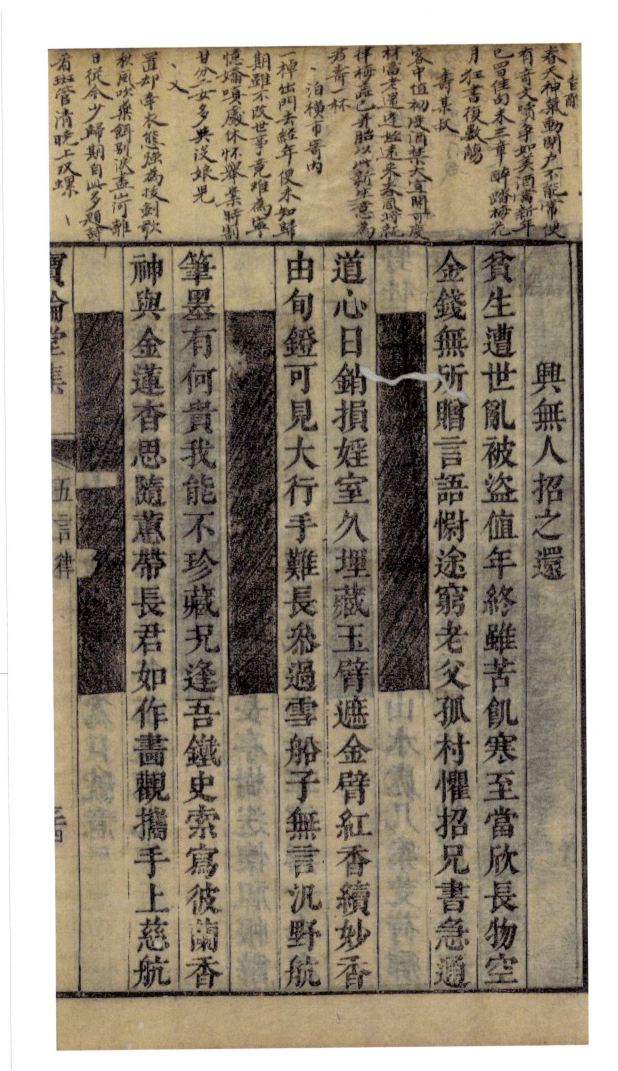

、三更後飲
橈鼓傳花散送人水月澄澄
餘半尊酒留但高朋竹下
僧吹火詩成自剪燈卒書莫
得意王孟可憑陵
、其二
共從客散鼓即此是嘉賓
君醉何須勸不疲自可人秋深
月更好夜靜意猶親話劉天
將瞎擊杯無火伸
、其三
講論逃春傷老留取酒來寮
書無十字彈指忽三盃條忽
高怀不識酒興塵事催月斜
鷄呼今日豈存哉
、其四
吾有欲甚春送來生快々忽
有兒竟時江村曳藤杖叢裏
見本來艶麓如嚴像既有
時指門何如不作想

客館淸明日家山寒食天曠懷爲尸號意思更傷憐
墓柳誰澆飯嬌兒還禁烟荒年來獻策況復近衰年
[redacted]
春光隨客去太學失人師難老長亭樹送懷祖帳餞
門徒誰受業經苑孰能居戰馬嘶靑草寧無一念之
[redacted]
野性宜淸樾蹔隨君遠藏官居山水處几案芰荷鄉
薄倖留吾否妄言喜日長烏衣哥法曲鐵笛引裴航

秋曉

松梢淸露滴野雀巢邊立古梦隨滄洲仙風如可挹

不能爲施主何以報吾師妙寫觀音佛空山懺悔之

吾有欲甚奢迷來生怏怏忽有究竟時江村叟藤杖蕭索見今來艷麗知儼象既有此悟門何如不作相

三更復飲

撾鼓傳花散送人水月澄尚餘半尊酒留宿一高朋竹下僧吹火詩成自剪燈率書真得意王孟可憑陵

其二

興從客散鼓即此是嘉賓苦醉何須勸不疲自可人竹深月更好夜靜意猶親話到天將曙擎杯無欠伸

其三

講誦蓮花偈老僧取酒來索書無十字彈指忽三杯
倏忽高懷減須臾塵事催月斜鷄一叫今日豈存哉

入秦望之二 見前

顛狂誰用買對樹問山賒岩遠懷游客松深緩小車
老翁調稺子嬌鳥莛仙花野宿多清福三飡笋與茶

送七叔之揚州謁司理

薄游不得已達士毋如斯交道雖淪喪端人存故知
花開吾獨看燕到子還期舟返吳江日將來一會之

席上示友約燈市痛飲

元宵三日後雨雪不宜酸燈必蕭條掛吾嘗鼓舞看
逐家索痛飲結伴恣游盤喜遇新明主諸君與莫闌

自酌

春天神氣動閉戶不能常便有奇文讀爭如美酒嘗
新年巳四日佳句未三章醉踏梅花月狂書復數觴

新晴獨酌無見樓

高樓滿日光春氣更洋洋古畫流新色寒梅發艷香
亂書勤自整好景不能忘細展淵明傳欣然多一觴

君植來

與子常同飲新年只一同梅花還看否佳客幾曾逢

痛飲當尊我長歌亦乃公元宵燈月好幸過小坐中

懷來五季

若輩悠悠耳斯人動索居怪儂懷爾切自爾憶儂餘指舌馴龍性開心傾犬書但能常拭面不惜舁籃輿

壽函錫叔

客中值初度酒禁大宏開可慶材當老還逢姪遠來春風將就律梅蕋巳并胎以此新生意爲君壽一杯

都下別三叔

離會尋常見天親亦屢經如何遠送去別有不勝情珍重千秋事休辜萬里征吾今從此去猛志慰生平

其二

曉來飲至午微醉臥高樓殘菊完花信輕寒送素秋

今年何所事嬾病蓄新愁德業吾已矣諸君能振否

其三

惟君篤愛我期我作璵璠社結多聞友燈挑法語言

感深幾淚下別後豈能諼何處酬知己讀書常閉門

夜泊橫市寄內

病中難暫別況復到天津嗟我四方志隨依二監親

歸期蚕已定離恨未曾新橫市今宵怨塘棲明日塵

其二

一棹出門去經年便未知歸期雖不改世事竟難爲
寧憶嬌嗔處休懷舉案時割甘分二女多與没娘兒

其三

置却牽衣態强爲拔劍歌秋風吹藥餌別淚盡山河
離日從今少歸期自此多題詩看斑管清曉上雙螺

蘇州寄内

古來離別妻子惟我最傷情不爲功名去因探見女行
別言陪處記歸討逐時生巳到姑蘇郡於今事遠征

三年不見郁漢生遇於瓜步酒間書示

昔自錢塘會今從瓜步逢見君猶浪跡感我作飄蓬

喜與故人飲渾忘岐路中悽然酒散後各趂滿帆風

濟寧有感

只因八口累來航九曲河清霜曾地蚤落葉越山多不復安貧訓其如喪守何鄉心羞改節掩面去悲歌

愁

野角低寒月羈愁下水亭關河今欲凍舟楫亦將停鞍馬能歸去艱難從此經故人來勸酒風冷又吹醒

寄別張大爾唯

誰不歸家喜惟吾反覺愁一爲好兄弟願得久從游况隔離亭酒難將會處謀秋風如有意十月到皇州

夜坐

每夜鄉思切今宵聊自支數披文得意喜與寉同羈
細把親朋況深思相見時推篷江月好拈就一章詩

病

吾症尤難治良醫術盡違藥無鄉念切餌與故人稀
亭午心神亂宵分氣息微中堂親老病不敢寫書歸

公雨宗兄歸

君今返鄉國病客最傷神憔悴無知己飄零失故人
馬嘶千里月舟繞萬山春親戚言辛苦期程只數旬

書懷

愁病三千里鄉心夜轉思婆娑看羸弱仔細卧歸期兄妹啼村館妻兒泣水湄若將書信去存没半相疑

送外父來工部之京

寡寡情能者功名不可期萬人思作吏衆女嫉娥眉雖有遷客遇由來才子羈三秋千里別何必話相離

寄送來大商老之父任

話別阻風雨江臯見敝廬離情通祖帳愁坐送巾車客睡胡姬酒花朝古驛驢槖中金易盡寧乞等閑書

內子殁以幼女寄育內兄來商老家囑其訓女

願子成吾女當鋤薄劣爲兒時失母訓長日爲人訾

莫以襁褓愛無庸繩墨施含兹泉下者女肖始無悲

又送外父

是勞當大任故使小官儔飛羽蕭關急羣臣薦目憂
天心良弼見人望治安謀國士無他語先生善自籌

病中懷亾室

一月深秋恨成痾且念伊離將數年事盡此幾囘思
囊篋今存藥衣裳半挂絺秋風吹瘦骨那得好扶持

其二

疾病孰爲依饑寒倍憶伊明知無益想安斷有情思
親戚猶憐我秋風故透絺感懷何可極形影自支持

武林寄樓無忝夫子

客醉千錢酒同懷百里天敲詩古渡側望我暮雲邊

作客歲連月言歸不計年架書君可讀不使蠹魚穿

寓棗樹邨晚酌

晚際嘗新醖當過郁老華座中完酒客屋角慰桐花

驢瘦須雙槳人歸無一家酡時同借宿應不覺天涯

偕友訪汶碧衲子得薇字

汶碧期吾至呼兒莫掩扉遂留五客飯聊煮一盂薇

零雨來還去斜暉顯復微諸君分韻散草率得詩歸

偕友訪薑馥馥不遇

客在楚思中斜陽聽寺鐘盼入惟恨見望眼只愁逢
烟色山山有花光陌陌重廻舟緩歸去覓到倦游踪

贈賈將軍 字子明義烏壯士也

少年身許國半世陣爲家中矢忩遮面當鋒悞落牙
明君懸上賞羣小設鹽車神武衣冠挂東陵學種瓜

其二

素聞征戰苦虛揣果與嗟夢裡猶揮劍虛中覺奏笳
頹顏併擊刺瘦馬過烟沙遼左思良將顛毛未許華

寄仲孩沈子

偕游情似潛分手念斯濃非憶春初飲則期秋後逢

是鄉舒菡萏隨處長寒蛩若有家園夢吾廬只數峯

漫興

漸漸鶯家柳匆匆紅嫁苔苔痕蒼已快柳絮白將來

也識傷虛度安能化不才請看忩死樂那得久留哉

其二

春山欲變夏溪水互暄寒飲盡楓橋月詩窮柳雪灘

醉來書畵易醒後問評難切莫當潦倒新詩亦率看

元旦飲樓長阜梅下

新年忽半日把酒看西流故習思金陵奇文必細求

亡妻猶未葬聖主不能投歲歲梅花發如泥遺遠憂

入東山口占

忙師沽菊酒邀我賞梨花山雀時時見酒徒漸漸加
吾生惟此樂安問世間華春色將三月令人復歎嗟

與孟子塞游西龍湫

東瀧巳足慰況復到西漈皆謂奇當盡誰知幻不窮
溪聲生水觀石態極天工嗜好圖山水如斯夢未通

與十八叔

痛憶西樓語章侯是我師今年惟養病明歲願相隨
爲子多藏酒游山乞好詩斯言猶在耳何日可忘之

其二

少艾如收斂多非享大年每憂君不壽豈料遽歸泉魂氣能過我來生可問天若還生故土同種上平田

其三

日望當遐舉何知竟溘然爲文能刻入處世甚周旋鬼錄添佳士吾家失後賢生平少眼淚不覺湧如泉

曉讀

戎馬縱横日篝燈尚苦哦雕蟲眞可笑大劍亦無多春日休嚕去秋闈竟若何雨中長阜社掩卷且相過

曉起

曉起篝燈讀非圖升斗榮已知愚足效莫信任猶輕

一日無書讀千秋有媿名時哉勿可失羞見雁南征

寄曾伯芬

曾訂看梅至杳然無尺書學君花下酌安我病中居
親友當頻過相知不可疎養成飛動意懸待入吾廬

送仲友兄之稜陵

飄飄出門意憒憫送君心解纜悲離淺無書惜別深
淒清[illegible]客路凜冽巳山林黃耳何時返吾將罷苦吟

醉中點韻

越水浮羅綺吳山載管絃每將新句寫以報太平年
桃李皆完事村墟欲響鶻花樓況醉去磎上裏炊烟

寄叔慧叔公

書從韋曲去遠寄漆園中知我山中桂憐君鬢下桐
折威衝殺氣樂土散淳風微祿堪沽酒毋勞問紫濛

雨中客過有約

秋雨眠精舍喜君過我居辛勤負美酒泥濘駕罷驢
留榻一宵話都分數紙書天晴到九里庵主備山蔬

伯母仲叔四日死

莫非祖德盡骨肉漸云亡四日喪二老兩棺置一堂
哀號無斷續弔唁動戚行慘怛驚疑并令人不可當

見杏花無人培植悵然悵之

杏花當發日風雨正侵時衆人皆歎賞惟我獨沉思
敗枝成隗落堆礫作堦墀今古悲知遇臨流一醉之

五弟邀飲溪上即席口占

春雨不蕭索移尊花下歌可人眞不少酒客豈須多
文杏鳴山鳥車前歇水蛾笑看新節意誰敢便蹉跎

其二

可愛杏花日雨中游亦佳人情皆發發鳥語特喈喈
終夜眠溪屋何時坐竹齋酒詩緣未了自得好情懷

溪上

花溪新雨歇散步到橋頭水響消微醉山明慰遠游

性情雖不逆妙理豈能收衆鳥啼歸去吾當發唱謳

其二

久雨滂[illegible]花事無聊立渡頭良朋爲勸酒好鳥喚閒游

山氣[illegible][illegible]神動溪光春色收醉中幾欲舞小力爲清謳

留別魯仲集還秦望

可嘆老翁頭累人何日休無書親贈與闕米友相賙

世法塗鴉報僧規念佛酬講堂椒柏酒留我兩三甌

得朱集庵書喜當即至却寄

老友高山病蒼頭細字書日來無恐懼月內好同居

蟹鮮爲君製憂心賴道除還應攜酒至囊耻一錢餘

虞老歸自江西未至今將有遠行

去日方爲客歸時又出門便留一夕話豈盡兩人言夢想楓川月商量楊墅尊二三知已況舟楫在江村

端陽

山冷滞葵芽帘貧未可賒研硃何用酒得句總如花鐺煑石濤沸瓶簪蒲劒斜玉簫聲度後競渡幾年華

閨怨

寒悄悄逾怯思深夢欲穿曉鶯垂柳外新髩落花前解惜春宵雨徒矜別後妍合歛知有日端不願卿憐

其二

小立簾櫳倦抛閒遇蝶雙宜男羞綰佩月姊怕窺窻
失笑憑花下顰眉對玉缸涓涓愁未釋都似逐春江

薄暮夜步

生計誰能卜殘生貪浪游更深忘畏虎月午走荒丘
親友留傳食兵戈詠素秋天年甘盡此恐不了山頭

種菜

行年四十九今日理園頭高德非吾事雲鄉切已謀
寒、身能乞食獮子豈從游培植精詳問生平一大猷

得意

避兵胡選勝我却擇名山秦望圖生意雲門辦死關

牀頭紅葉積杖底碧溪環書画時相恩多他鳥雀閒

再訪朱集庵於禹陵

久病難行遠重爲老友過霜林常習慣風水亦吟哦
年暮當完聚時光能幾何石交無道德來往也宜多

寄劉北生道遷兄弟兼謝留避兵馬塲

乃弟兄方病其兄病未痊亂離增逆境留我頗無錢
學佛嘗秋月吟詩勞暮年弟兄如就我松舍兩三椽

金盡繼之血終其身以之假年寒賤骨作福亂離時
脫腕三盃酒傷心一首詩道塲歡喜地苦行不曾知

苦行衰年罷會修安住因果培寫佛日成熟嗅梅春
鹹水漂僧舍漫山住道人何當不退轉筆底見金身

聞茶集庵將就余山居時無錢買酒却感

好爲長夜飲福過却災生米缺怱名酒錢來理折鐺
高人聞即至寒月漸圓明樽擬湛而滿囊空志不平

止宿王紫眉公路家

豈但生相見淸樽又月光天親無失所家破不悲傷
今夕當安穩殘冬望小康柴桑空過我兵氣野梅香

祁奕遠初度作詩自觴索和即用韻

晚歲寡學問憂君將卌年乘時勸釀秫訓子力耕田
退處非眞隱無奇即達天賜言爲善須相枕老僧眠

過奕遠平原歸却寄

久住吾本意忽歸子試猜豚肩先祀闕米債子錢催
老病貧身策因緣佛性來贈金忘感謝十載更輕財

諸暨有警憶楓橋東阪西阪舊所遊處

紅樹很頭纛蒼山魚麗兵楓橋論古地蘆管作邊聲
連歲微少掠今年大戰爭夢歸歸不得老死死含情

諸暨有警懷先塋

祖宗墳不守烏用此兒孫豈有十年客歸來五薦烹

賣田先贖屋鬻筆供蘋蘩計定聞兵亂血流聲滿郭

其二

人老思鄉切尤思葬祖墳謀生難計筭料死太憂勤
寒食因兵阻掃松又亂聞但看難墓祭敢望首丘云

諸暨有警憶姪孫見遠

去城五十里當路二三阡寡母攜雙妹嬌妻負萬錢
樓山多盜賊投水僅漁船蟻聚聞魚爛都無實信傳

其二

何處深憂汝高樓太路前弟兄傷雁斷歌舞恨名傳
道梘難相探蒼頭猶未還定知鳥獸散結伴阿誰邊

諸暨有警懷季良弟居卿粟卿畏卿諸姪

五旬雖有弟三姪已無兄弟富搜牢貫姪孤篦汝驚
平時輕握手兵燹重傷情竄逐同羣否羣鴉逐隊鳴

夜飲

簡點一年事奔波三百盃嘆他謀分外費力頗難諧
戰鼓催花令香鑪見刼灰老能圖酒食不枉老其才

聞兵過楓橋無警志喜督陣者爲侯將以平價取食

暨邑猙獰甚兵人亦動哀猶難爲蓐食久不給乾苔
可歎慈悲主翻從殺戮來樵蘇荒壟事不必復疑猜

又懷見遠卻寄

主將嚴焚掠汝家可不憂倡優宜急遣師友用情求必趂埽松日重爲荒寺遊老人唯我在顧勿聽悠悠

不得歸

殺運天不盡禍機人豈除禍機除不得殺運盡之歟魂鬼驚飛熱死生料理虛楓橋好楓落吾亦愛吾廬

憶永楓庵寫佛時兼憶大先

牛頭寫佛處大小萬秋山豈謂塵心去似逢故物還沙彌煨芋母居士飯松關人事兵戈淡老僧正未閒

懷姪孫見遠

太平憐汝淺亂世始深憐殘賊忍相料仳離願保全

而翁留一綫乃祖計千年數語諸兒子琴張霜滿天

十月朔聞楓橋不避兵又懷姪孫見遠

身命知安穩成人輒意懸教兒雖内愧望汝自堪憐
聰慧肅師傅交遊惡少年爾翁爾祖問何以報重泉

寄奕遠

臥起青藤下其花四照時無錢醉人酒憶爾看吾詩
久不聞征戰將來多會期相過須蚤過亂世莫遲疑

悔

悔於太平世草草送光陰宜望前途邁寧憂末路深
硯田荒酒肆佛地隔詞林老病難鞭影兵戈堅道心

東事

僉壬居諫職將帥又何堪熊氏不留北　故背南

宋基傾亡穆秦命華章邯往事會如此斯言不忍談

其二

文皇血戰地瞬息沒　天舉國呼百舌　庭棲杜鵑

黑雲從北下翠輦欲南遷安得揚神武　衣錦還

喜

被斥諸君子天王漸用之陽明煥人目功業動吾思

永作林泉想多吟頌聖詩日來看邸報袁帥已興師

感事

欲知天下變塞耳不能聞加賦猶臣職羣凶起異軍鬼雄成北隴婺婦化南雲扼腕登樓嘯西山日未曛

見邸報

世受皇恩重日聞國事憂　方入腹妖賊已傳頭大帥誰能任精兵何事求不須彊將相身試覺輕酬

再訪朱集庵之二　見前

鬬狗歸二窟連鷄無一家老翁少福德貪酒有人賒種竹供黃面栽桃擬赤霞中原無尺土　欲乘槎

無見樓月下
踏月溪東西，歸隔高閣坐。三鼓猶未眠，夜亦不薄我。

題水仙
此卷韵清冷，聞與梅花供。如尋素心人，相與卜其居。

戊辰季冬
殘燈坐殘燭，雪深蹤跡未。道人夜起譚，一言溪上宿。

畫梅贈何北垣
不敢以俗想，寫此空山中。暮春新雨歇，清氣生微風。

失題
嚼黄不自丹，好懷不足鄙。妻子失主翁，意一人衣高士。

戊辰冬青山歸晚飲村居照韵一首歐梅老

寶綸堂集

暨陽陳洪綬章侯著

男字嘯輯

孫豕對讀

五言絕

。題秋葉扇

秋風下原野，木葉蕭蕭鳴。吟客夜起坐，忽談激楚聲。

。久坐石橋

久坐梧桐中，久坐芰荷側。小童來問吾，爲何長默默。

邢家醉還馬上同卜二作

吾滿爲師能成予遠詩
每逢好昔節思鄉不移時
慰

玉漏促琵琶金鞭喚曉鴉昨宵客況好今夜過誰家

無題

長松數十樹築室亂石間熟眠無所好閒畫數角山

二

花滿春山曉人吟夜月闌不知醉裏賦詩句寫清寒

題菊贈人

將有湘江夢黯然寫菊花今秋當此際風雨各天涯

正月十六日

燈市不宜雨所[redacted]者酒多一夜三度醉醉還必放歌

題扇

修竹如寒士枯枝似老僧人能解此意醉後嚼春冰

二　疑盡賜來周老

曳杖入懸崖悠然發警悟行到白雲邊不知何處住

寄懷九芝伯

詩就不寄君君知有詩否一夜數十章酒盡將一斗

橋頭曲一

歡宿鴛鴦樓儂宿蘆葦渚兩夢如一夢明日何處語

二

艷色不可見見之不得忘不如瞽雙目靜坐焚芸香

三

所歡在何處江水湯湯來爲歡惜身命有船不敢開

四

聞歡下楊州楊州女兒好如儂者幾人一一向儂道

五

情從何處生復從何處滅思思復思思夜雨呼題鳩

六

橋頭百花香日夜橋頭立雨露通不歸豈惜衣裳濕

七

豈不見情好胡爲歡獨深大水漲渡口去路令人尋

八

橋頭多蕩子願歡不交遊但看儂出時許多坐橋頭

九

讀書牛頭山不去已兩月何事飛蓬生兩峯清氣發

寄林事聲

聞爾歌貍首吾將挾素琴梅花開未落不欲別山陰

寄林大

西湖客落魄東閣趾閑游寄語林公子休邀青翰舟

寄孫十

同學爲郎去思君不得開才疎憂白髮未許出青山

寄王蓀玉

華草發錢塘卯君醉道傍金陵無數妓日日見王郎

寄吳昌之

最念吳昌伯西湖片石居花間沽白酒椰下買黃魚

寄王子安

空山古澗裏日日野梅開醉後長相憶君從驢背來

寄沈素先朱仲轍

暮冬無世事聽雪臥茅茨且了寒膴酒吾儕自可期

寄來季

別後多沉酒閒時畫美人開尊眠畫側飛夢入臨春

曉起

一作梁河

漏盡客子眠月落客子起所求復何如辛苦已千里

梁湖見歸舟

歸棹如雲駛須臾過九潭但看風色好幾日到江南

桃源見歸舟二首

客棹初去淮歸舟已去魯啓戶問鄉人決背隔一浦

歸舟絡繹來日日近鄉土且看舟中人喜氣盈眉宇

强飲

山東山極少況復障黃塵多買他鄉酒如逢故國人

江邊

江邊欲散步滿目盡歸橈久立看帆沒披圖計路遥

夜讀淸江浦

讀書當漏斷自喜神氣淸客念偶不起便能聞雁聲

寫梅與諸東佳

靜言坐其側偕來必良友鳴琴彈商音今日當止酒

送毛師入覲長亭口占

江南春色早二月便當來吏散琴軒靜看花時一杯

題叔慧居士梅花

性愛寫此花復愛作花句况坐南屏樓有書宜有賦

畫美人贈范師行

何以贈君行贈人美如此清夢深樹林遙思玉沙泚

梅花下醉賦

對酒不覺暝落花盈我衣醉起步溪月鳥還人亦稀

二

半嶺梅花月一牕鳥雀鳴問吾新句有爛醉答平生

雨過

清風細雨來病夫耐高枕不起遊觀心誦完夜摩品

小雪

小雪連朝雪來年大有年人情驚盜賊天意樂耕田

飲王老家

羞我眠松舍看君鋤麥田借君今日酒發我舊時顏

陶去病贈米燭書謝

野鑪然敗鐸飽飯接新春山谷多貧士如何贈老人

魯季栗寄炭郤答

贈炭憂羌渴寒灰撥竹鑪一瓢聊解凍那得便傾壺

桃

食桃三百樹顏色亦如之莫向漢宮說美人爭自爲

菊

老翁莫種菊種菊最勞神我欲多釀酒而呼奇服人

梅

香雪隨香風滿溪復滿陌以彼得道人頗不自矜惜

老樹翠鳥

枳棘何可言茂林非爾處翠鳥中郎詩自居不得所

一丈夫散懷而行

騁髮妙高臺形影喜相語猿隺喚懸崖琹書待遠渚

秋溪髣阮

髣阮秋溪月吾生自可爲難將一生事料理水之湄

竹石樹

竹木飽風霜乃能入老筆靜言寫我憂山樓重九日

山川出雲

水鄉聽梅雨一日換一溪埜店白衣至柳橋黃鳥啼

水僊

秋士敢湯寫高人敢湯題霜月照幽妙春蘭自命妻

美人

琴譜去新聲屏風圖孝經古心屬女子學士自箴銘

有客內凉樹下

隨緣爲學佛灌木卽吾廬童僕來城市爲言見羽書

美人手持蝴蝶放之

草蟲有文章見之尚愛惜秋風吹才人罷驢繫古驛

贈石言上人

饑餓身難隱同叅志未堅受棒無臨濟爲文有大顛

送劉永侯之任尤溪

山縣荔枝紅劉侯初下馬此時我亦還曬書楓溪下

二

君爲賢令尹不復起離情懷我時相寄春風半政聲

溪南

溪北樹團圝不如溪南好複澗金屑泉其下多蘭草

龍王堂

翠竹高于樹白楊高于山佳此必讀書令人不可閒

遊梁王城

久謝讀書樂新嘗行路難禪栖饒穩帖有命不能安

三

日月雖云晩江關猶未寒鬱藍山數點一日幾回看

寓小山斜川

水際多紆折緣波成小溪松髡悉化鬣石渴自爲蜺

二

亭古閒雲住叢深老鶴棲微風供漱吐誰道是玻璃

題畫

飢餓善自慰芙蓉倚北牕何常無老病書畫匯秋江

二

道人一壺酒溪亭亭秋光半年多負郄紅橋雙垂楊

三

數里白芙蓉一村烏桕樹朝看與暮看更喜年遲暮

四

吳山思返宅約畧十年頭不知十年內昬昬何所求

梅墅舟還

佳士好女子敢惜千黃金貧人妄想發推蓬步春林

二

画山買米歸一溪水蕩漾橋洲長老呼美人待雪舫

三

日寫大士完蓬頭下船去烹蓴山盡間提酒人稀處

四

絕口不傷時醉來終痛哭豈獨吾與君大雪溪山宿

五

小女故弄酒泥人寫秋菊鼓箏謝醉翁復畜三竿竹

六

山中有梅花然而飢欲死賣畫野市間舟居而已矣

七

亂世江海人迺聞朝家事芙蓉港甚寬不忍便引避

八

我喫官飯長當下官家淚白舫與青蓑何處可安置

九

曾瞻　先帝容無術圖其像丹山碧水中画工一悽愴

十

馳馬載書僊安有不歡喜不哭而神傷十年于茲矣

十一

著作心固灰巖棲心亦死唯有雲水心與年俱深耳

十二

春柳成夏木繫舟繫其處攀折更留情草木將衰去

十三

心應無所住故作萍踪遊曾為解脱偈書在蓮花樓

十四

流水唱酒船歸梦經南浦蓮折鯉魚風吹落黃昏雨

十五

辟彊諸子輩為我作名園小艇時相過何曾見閉門

十六

家人莫釀酒予不慶新年怕將新日月來照舊山川

送仲上宗社長北行

旛頭伐鼉鼓少婦剖雞箏殘梦馬上醒不知送子行

題畫

我有入山心於此作畫寓曲沼一漁舟夕陽依秋樹

寄王予安

深山古澗裏日日老梅開醉後常相憶君從驢背來

晴

麥秋無所望霪雨乃初收新霽好欣賞傷時不可遊

不出秋谿外關門筆墨勞何當石頭上安穩聽松濤

山市

山中無燈市且作燈市遊蘭香出幽谷何不相采求

夜雨

秋雨夜來作不覺枕簟秋寒衣漸欲辦又爲兒女憂

二

蕉雨梧桐雨聞之蘇旱苗然而深有慮萬一起風潮

三

所喜中夜雨不聞生颶風凶年大兵後或者得年豐

寄王子宣兄弟

論文得朋友奇奥皆削去君弟皆良朋論文在何處

題友人像

杖頭到何處處處無花開不如溪上立待我酒徒來

五泄寄懷王子宣

毎日懷子宣又在深山裏欲作數封寄何處尋佳紙

寄陶文孫

文孫常有病數載只山居喜得心情好猶思章老書

偶咏

梅華已衰歇不如坐蒔苔布穀盡情呌生憎風雨來

二

飽食糙米飯書圖一兩紙恐人呼廢人聊如此而巳

三

桃華雨巳過好聽黄梅雨却把草亭除都種芭蕉樹

四

今夕當安穩殘冬望小康柴桑宜過我山氣野梅香

止宿王紫眉公路家

不但重相見清尊又月光天親無失所家破少悲傷

即事

春山深有情朝暮行不已醉歸山月來餅花落滿几

懷朱訒菴

老友兵戈中老僧無一字老僧空山中老友書不至

其二

有客海上來爲言金生去仔細問朱翁爲言不知處

偶成書楚僧扇

不見起枯柳不聞野猪吼山中諸道人聞見此事否

二

銳菴居我齋我性如麋鹿柱杖打青龍沉昏落翠竹

卽事

欲見不待曉霜華帶月濃寒風吹冷淚竉手携枯笻

二

無米人送米無酒人送酒醉飽古槃槎亦作麼生否

三

曉起驚兩目舊緣迎新紫桐響夜不斷霜冷吹將起

山居

不欲書舊詩不喜爲奇句得意自吟餘捲簾看松樹

二

舉頭看秋樹低頭寫秋花山居吾已樂不復羡棲鴉

坳中

摩詰居孟城孟城山有名老夫居薄塢薄塢有人情

壽范夫人

節婦不恒有兒當叔季時姓字與花艷千載令人思

即事

曾記中郎語婢侍鄭康成寫之有深意忽然感生平

送樓師之粤

丈夫不得志遊俠隨所之此去五千里歸期未可知

謝友人送裘

廉吏寄羔裘百花生日至披之慰遠心受之良自愧

答友

白巖逢道人邀我名山去餘生無幾時何勞覓菁處

偶成

今年將半年寫佛無十幅筆墨頗不閑大都換酒肉

即事

貝葉載柴車看山野老家有言誰可道秋士種秋花

荷花

白蓮花裡風紅藕花下水贈人以美言文心當如此

疎林黃鳥

客遊還竹溪久不聞山鳥酒時聞一聲比來慈不覺

秋林論古

素心挹遠志江楓映夕曛年來不詠史時事孰堪聞

放舟

桃源信有之眞隱誰能爲聊種五株樹一看慰所思

松溪

浮家松溪北彈琴松溪南老于是鄉矣我亦不免貪

清波門看牽牛花

醒酒湖山曉牽牛開釣磯香色少焉歇那肯便輕歸

秋讀

秋林不空行藉草攤書讀寄語學道人莫輕享清福

題象丸徐郎畫

夫人欲作畫先發雲林心徐郎得此道再世倪雲林

歸咏

雪滿山陰道吾當還草堂人懶新歲月梅發舊時香

菊

鞠草金刀剪紅香玉椀擎漢宮無限恨一笑學長生

黃漢翔小像

生平愛好友山水欲移家雪心眠片石纔敢對梅花

二

昨夜紅亭歌今夜黃蘆月我豈百年人肯無一日歇

題虞菴像

竹東與竹西仙人住何處欲覓靈威書但望桃花去

寄意

畫舫費錢多澹窩容膝足先製採蓮歌後製採菱曲

將有湘江夢黯然寫菊花今秋當此夜風雨各天涯

須彌限韻索題

竹浪亂松濤梅花帶雪飃遺民當此際痛飲讀離騷

二

石倚蒼苔古晴巒聳萬重還持松比壽獨鶴矯如龍

贈張登子

堂中有老母牆外有青山願君不復出我肯相往還

二

天下雖擾擾所需固俊豪我聞大豪傑終身事桔橰

三

我亦得鳥巢百歲君遷樹君如從我遊平分半間住

焙茶

山樓見焙茶隱几而深喜還思穀雨時携書煮雪水

寄郭子式

宰官能活人頭陀能念佛半畝古香中不敢輕豎拂

絶句

死非意外事打點在胸中生非意中事擺落在桐風

其二

今日不書經明日不畫佛欲觀不佳身長松謝葱鬱

其三

書畫頗不佳飲食不放筆唯有救人饑不虛生一日

其四

買船喚道人鏡湖龜山酌久乏山水遊筆下少丘壑

其五

草木黄落日老夫顛頷時草木芬芳日老夫未可知

藤

藤花春暮紫藤葉晚秋黄不奉春秋令誰能應接忙

夢筠圖

黄子久臨古夢筠圖于笠澤酒船聞張士誠僞帥鼓角浩嘆而罷今日何日乎憂從中來不可斷絶姑爲寛大之言然神則傷矣

脩篁清溪邊茅宇幽巖下一枕讀道書餘年不需假

画梅與八叔

吾想數年前花間必飲酒今年但靜坐酒可不必有

無見樓月下

踏月溪東西歸開高閣坐三鼓猶未眠我亦不薄我

題水仙

此花韻清冷開與梅花俱如尋素心人相與卜其居

看山歸晩飲于村居

霜葉不自丹好懷不爲鄙妻子失主翁遠岩得高士

季冬

殘更坐殘燭雪深響疎木道人夜起談一言溪上宿

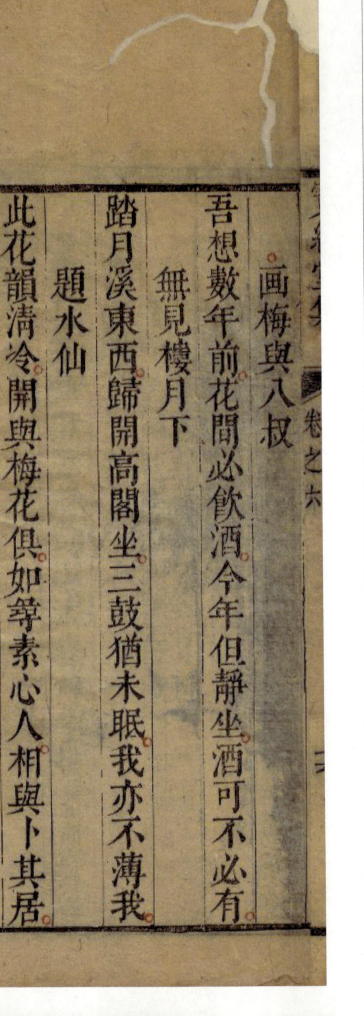

画梅贈何北垣

不敢以俗想寫此空山中暮春新雨歇淸氣生微風

一日兇回醉如同無事人醒來常一歎曲指計幾春

小梅

近物宜貧病人皆相贈貽小梅無米日日放兩三枝

謝陶贈米燭之二 見前

蘭膏見春夜渠椀泳梅溪最感高情處璇閨臥病妻

魯仲集寄燭腐書謝

古有愛蘇腐前身是道人魯生今寄我使我微前因

廟前

古廟香火存鬼燈相經緯霜飛迎國殤享此秋松氣

覆岔嶺相傳胡大海兵過此嶺仇氏負固大海誓衆曰不盡滅仇氏之族必不復還此嶺破之又名不復

義士抗王師將軍戕義士酎金除胡侯父老傳仇氏

泉

霏霏迸石竇疑是潛蛟吼靜語清凉流臨挹渾忘久

秋草

憶別王孫去常披君子風無媒幽徑杳春至約重逢

松梅

松風散梅花少時必加黴耄矣無能爲漫然不復省

水仙

縞袂金鈿女踈梅賽晚粧應知林處士食配水仙王

桃

何事生多恨春閑便看桃繁華如可愛那得恨常銷

題像

胸藏一片血臥向山之凸疑是後彫松餐風而齧雪

無夢

胸涵千古恨天掛一丸愁夜迴難成寐披襟且拭眸

野嘯

氣靜疑無際天高未有涯縱觀身世外長嘯拂霜花

塞上

月鎖旌旗寂霜封鼓角哀青閨孤夢遠若箇不思歸

塞下

蘆蓼夾雲愁應知泣楚囚長郊嘶鐵騎踏破紫金甌

梅

小齋清絶處寒影伴疎篁不是梅花發緣何如此香

逢望一高士背溪而行忽不知其所之

青山數層青白雲幾點白白雲與青山中有幽人宅

靜夜思

唧唧復唧唧似助羈人泣羈人掩泣聽鄰女機初寂

結茆

入林何必密入山何必深茆宇傍溪開一往空人心

子夜歌

照水還照鏡一愛還一怕紅顏多薄命那得蕭郎嫁

戲拈盧字效讀曲七章

漢水廣且淼何以慰吾思豈無金鯉魚道遠莫致之

其二

投我紫琅玕贈子碧珊瑚路逢區中人強與談之乎

其三

卜居洛城西花竹森森也翠袖鴛鴦衾卿是紛紛者

其四

君嫌顏色衰妾非脂粉者君嫌軀體微妾非娼家也

其五

匪萱憂勿忘佳期何日耳匪斧柯弗得自媒吾耻矣

其六

勸郎莫惜花惜花心相悁勸郎莫折花折花思贈焉

其七

侵曉啟羅帷凉颸拂鬢來忍把齊紈棄披襟果快哉

寶綸堂集

暨陽陳洪綬章侯著

男字臏輯

孫豸對讀

六言絶句

客來

雄踞青山緑水爭奢赤豆黄精客來雞黍無辦我與

林泉散行

記遊

最愛僧房雪積復貪竹塢月明禪鐙茶話斷酒稚子

命妻有聲

搖梅記事

紅牙初歇霜飛道服醉歘舞霓衣笑指搖梅相贈再書新句懷歸

十三弟至薄塢約同覓隱地

君愛竹香書舍我尋松雪人家但得性情有寄便於生死無加

漫成

借米放歌勉爾讀書掩卷茫然無憂本之性分強記悔於少年

客來談西湖有遊者思看之

看山朝暮兩度酌酒憂喜三瓢滿眼旌旗千里痴心簫鼓六橋

題畫贈八叔

寫佛寫經事巳黃花黃葉都齊老子心神紗遠画將空谷寒溪

秋夜無書却感

桐梧月午有約山館秋夜無書淸福豈能全享老夫自量何如

其二

思飽羹飯鼎飯不翻佛書道書今日懸懸而已昔時汲汲何如

不赴故人之約

新好招予辭病故心報子厚顔天生不夷不惠人在好水好山

掉頭

朝列饑鷹餓虎疆埸玉馬金舟鄉里小兒投足兎園老儒掉頭

其二

但進萬金拜相不韊一矢封侯神武衣冠掛蚕鹿門

妻子從遊

其三

三百六旬華露二十四玫皇封鴛鴦寺主不拜雲溪醉侯可從

偶見

以我三旬九食看他七貴五侯今日速貧爲愈往時富而可求

絶句三首

斐几佛經數本山厨柴草一堆老僧三日清供韻士幾箇可來

莫笑佛事不作只因佛法不知吟詩皎然爲友寫像
貫休是師
半偈難明指月滿床也撒雪珠不死不忠不孝非僊
非佛非儒

題画贈内生禪者

筆墨合成态態人心想出色香画師粗粗舉示禪者
細細商量

春日杜門偶成

紫燕黄鸝鬧曉綠楊紅杏酣春多愁多病逾月不言
不寐淹旬

鐫新篁

香篆小牕覓句僧過竹底炊茶平溪水印斜月小橋石生倒花

由白塔灣至普陀岩

白雲一片兩片青山千層萬層乘興近近遠遠扶筇止止登登

二

筒注水泉倒呷碓舂竹屑平吞野烟濃着淡着犬吠前村後村

示禪者

不向空中飛錫只聽山中霹靂蒲團坐破十年看到
月明蘆荻

僕人節婦歌
從來苦志不可言至於
爲節婦而止若今劉家
兩夫人則亦世所希覯耳
吾將詳備而言之夫人名
公言之矣舉其大者言
之淺嫩小人不足當重輕
保孤兩足奇嬾人本事不
爲美以其餘力爲母師
模携子〻小講經史諸子
能以絲〻明經一子能孝
而先光前人之基業〻一
子能以成進士〻上書
者尤夫人子喜悅旌於

寶綸堂集

暨陽陳洪綬章侯著
男字䮊輯
孫豸對讀

七言古

山中石上坐半日

山中春色佳於村，不從市裏領略過。如此意僅五六年，昏昧囂喧疾可破。昔喜閒行無佳時，今日忽然能久坐。安能并寂春思哉，歌舞滿園內獨卧。

。單繼之病見予夜飲不寐書以志感

□□一生無負於其親嘗
思所以報天子
發此歌
吾與女父讀書瑛山居
未得與女父工書承明
廬吾與女父飲酒楓溪
閣未得与女父看花長
安市每於耳熱出之
望空書堪嗟童齒
豁目與酥女与吾兒
師子年相如師子厄
礫女璠瑛大来讀書
飲酒寧有不共與定
不如吾與女父潦倒挪

繼之學佛十五春眼前窺破多少人我本酒色厭棄漢何故喜我與我親長夜痛飲不稍臥有病亦起忘其身狂歌便和兩三闋倦來不過幾欠伸斯非知我有佛性趙州之語可與論有佛性者豈知我我歸故山誰作隣

贈友有感往事賦此

昔日風雪日暮來出錢各買朶耳鞋行過乾溪燎衣罷酒至輒舉十數杯載行載止不覺倦郤好野梅處處開趺坐看梅不欲去蓍頭促行月少輝蹈雪趂月漏已盡入我小齋話好懷此時不謂十年後始得復

塞悲枯魚後日得志
毋忘諸 頭

來醉一回

送際明之京

君偕大生入太學君知偕往之義與古禮太子入四學出入居處三公書少有失度則匡政位匪老成不得居君與大生今同學年長大生三載餘亦如太子有保傅載拜贈言其思諸

詩樓母童令人

飛香走紅旋燬風文鸞么鳳聲隆隆夫人六十春芙容嚼玉咀金白石童賦詩栢梁夫君工郎君天下稱雕龍當今天子裂黃封瓊樓雨露來濛濛金盤鯉魚

壽筵中滿堂賓客袍如葱齊唱蓬萊珊瑚宮夫人笑飲眞珠紅

壽唐中尊函册

南方有樹名如何千年花實食無多不畏水火與兵戈雀骨食之得地仙吾儒則至天子前圖將壽公非有他當今征伐士女苦願公按劒出水火當今青毆辟白刄願公當軸言無隱名當與樹垂千秋金書玉册蟠紫蚪

贈田虛我

越王城下有田生蕭然讀書蘼門裏青衫破帽入吾

鄉吾鄉呼酒交陳子陳子落拓善飲酒浩唱賦詩不
可止田生作氣談憤懷撫膺畢睨醉便死

壽宗甫叔五十

我叔有園題鼎石鬟流黛峽凝空碧老桂凌秋發道
心疎篁壓露留吟屐崑山飄石老僧禪石渠秘錄梁
臺客臥遊山海畫滿牀屏絕奢華衣大帛叔心恬靜
畏狂呶視我酒徒如吐核叔學淵湛尚古人接我倜
子當避席經年止酒不讌賓爲我高樓浮大白書如
積稿不借人我常借之常不惜我畫奴隸天下工我
書天下差有敵詩雖不工無餖飣不輕與人金不易

感叔愛我如惠連長歌飛白不辭役時花絶磴古聖賢叔每索我無寒責叔今五十懸弧辰親朋餽酒數十百作詩作畫爲叔觴叔應酧我玻璃瓯莫惜新廚烹白雁莫惜金盤膾元鯽集我同心五六人懸詩懸畫黃華側玩詠一冋酒一觴霜月冷冷始歸息

壽諸東桂

戊午與君爲諸生不覺於今十年矣文章變態凡幾冋或趨虛荒或奇詭但思隨時必見售揣摩不得竭精髓豈知得失不在玆徒勞夢想顛倒爾今年君不入場屋我入場屋私自喜文理粗通字不訛當今平

淡寶稱旨或得脫穎差慰君兼可為君辦薪水奈何
命運皆不齊主司噴唾作故紙窮愁栖止湖水頭開
君瘧痢將不起此時囊空稱貸窮不寄一錢取藥七
歸來見君力疾來肉消氣短瀉不止為君憂慮此一
來病加小愈多難理數十日間飲食通顏色漸佳瀉
亦已欲作一畫慶有生況逢初度天氣美雪花未飄
雪意多最宜酌酒曲房裏乘興畫梅倚一觴爾我清
寒頗相似飽霜耐雪華始開爾我行藏亦甚否功名
何必在少年古人四十稱强仕莫傷老大不盡歡三
十三歲故足恥我雖不才氣亦雄酒酣起舞歌商徵

莫作强爲言笑觀胸中有構眞可恃雖然年命不可知吾儕曠達宜如此庚午辛未瞬息來爾我可作梅花比努力并惟得一官當爲朝廷建白耳滿斟大白呼莫辭譬如前日君病死

寄王予安

我與君隔六十里又無迴復阻舟車年年相約再會君梅花初發叩予廬否則春社秋社節若逢好友必與俱予亦如期來會我不來我得無恨與舊作招我數負約世事桼碎不可除今年期於鐙市往除夕舉予約又違君今不來必恨我我請自解無一語莫春

月望無不至不至請君與我疏古人千里即命駕六
十餘里尚躊躕交會小節且失信久要大事將何如
阿蓮交道薄至此君胡失辨龍首猪來時爲君作數
畫以斯荆請其寬諸

南山偶書

高深之山唯南山山雲曉去暮來還還宿松樹萬株
裏與雲枕者唯人間來君入山不涉水輕思寂去想
不奸無意作詩詩遠滂礴力學之力甚艱宛如雲氣
幻無主奇峯吹散餘飛鬓古人栖雲看雲意形神化
者空去寰來君多事有閒境雖然出山猶松關

鼎彝

首山之銅黃龍瘞紫雲赭烟從土輿鑄成商氏周氏庭誰其調和四輔星陰陽作火煮無鼎四時均平是爲候君臣作膳嘗毋易萬國雍熙是爲味今日啚將爲公壽祝公軌之立君右

懷朱集老

酒泉太守老醉翁養和葯囊半疎桐栿之以死耳邊風自言不死化癡龍雪夜月夜呼巴童傾杯覆碗四五通刀槊殺聲滿虛空躡屩刺天之危峰背負鴟夷無戚容持螯牛飲眠高松吾懷此老吾欲從

懷道遷

有客有客曰劉九大兒小兒呼韓柳日養文心酒一斗避難讀書兼賣酒酒錢幾日留老友何以報之詩一首連牘相邀秋山走秋山巳矣春山有老婦作黍兒剪韭雨雪刀兵時不偶吾懷此老不去口渡河無梁啼白叟

懷仲集

耻入名流魯仲集鑞鼠飲河好米汁墐戶杜墻事秘笈生吞活剝耻相襲醉後細語與長談手闢玄黃鬼神泣少時兄弟相讀書老來父子相纂輯國亡家學

皆收拾令吾夢寐力不及酒病貧病年五十春風日落愁空山吾懷此老斜陽立

懷季栗

若耶溪頭魯太史烏帽白欄釣秋水面朋面友生不喜揮杯勸影破屋底磨蝎之宮窮鬼止奴僕隸之得無死虀粥一杯課兒子就我移家蔦山裏贈我藏書娛暮齒爲我豎義抉精髓令我老學有端委吾懷此老五十矣我同季老皆老耳

懷閉祖

老友老兄吾開祖窮年窮經化陳腐國亡焚硯養老

父椎結短衫爲市賣花香月白具酒脯老父婆娑輒起舞念我巴山臥夜雨煮酒欲過畏蛇虎兩人酒友隔笳鼓兩人俱老難相聚吾懷此老日不數彼望吾歸良亦苦

弄兒謠

騶虞垂旛金銀檛玄豹障泥白鼻騧雕面郎神鬬麗華弄兒行草與踏花諸將望塵拜道遮金彈飛肉富貧家彼食天祿等押衙弄兒飽死戰士誇戰士饑死浮黃沙弄兒得寵日未睎胥濤捲雪鳴悲笳

爲遠林尊公七十

吾年九歲失先子先子三十五歲人每見以介眉壽者緊我獨無傷其神遠林五十而壽父父年卻登七十春人間至樂過此否白頭翁壽白頭親聞翁至德復風雅有子有才能食貧松葉釀酒甘且美蕩遊驢背悆苦辛先子至德亦風雅聢我太翁幾由旬我與遠林同年生視我遠林敢等倫

題畫爲　壽

皇帝按劒撫四夸祝公生得虎頭兒十五擊劒讀父書十六分符擊單于十七歸來封舞陽丈子黑頭立帝傍會聞丹山七十二和鳴玉樹天下治寫向吳綃

上公壽花屏十萬注天酒

樓母毛太君哀辭

霜風暮寒行人嘻樓家太君何辭帷我有弱女字孫子顛倒走弔淚欲垂孝子哭泣幾從死握手慰唁勸啜糜我則涙爲吾女痛呼天再拜陳哀辭太君慈孝和惠儉通邑大都稱母儀我倩昔爲無母子太君篤愛如其兒我女他日失婦職爲我護短必有之此猶姑息胡足道內則家訓罔聞知勤勞尚賴績筐在手澤叓有田園遺姑嫜之道無面命密愼不得聞一詞周給貧乏聲藉甚若不親承恐謏施禮義家門嚴承

外太君流風定不衰

憩薄塢

薄塢去城廿里餘秦望之前天柱裏東有奉聖天衣寺西有雲門若耶水漁樵鐘磬悅耳目松篁泉石供素紙長槍米賈隔三家草橋酒店遠二里將家自全於其中種菜曳柴命兒子秃翁無書便好遊索句草鞵隨意指有時入寺僧作飯有時邀山客留止酒錢少而米錢稀然亦未曾饑渴死由於故人遠寄將畜之詩畫頗歡喜老媼拾我幾畝山結個茅庵晨夕啓留我念佛寫佛經塢中男女祈福祉去冬總管欲識

面親朋勸我無去理破衲光頭難拘違親朋又勸出山是總管爲我慘淡謀賣畫養生必城市今年三月故移家將軍令嚴夜禁始聞斬木自外來今見揭竿從中起斬頭陷胷如不勝白日閉門避蛇豕露刃譏察滿窮巷僧家俗家難依倚每思山中雪夜好又思山中月夕美山中雨[illegible]訪道人山中晴川撥香芷只今不敢當街行唯恐觸之多凶否夕陽在山便縛人抱頭鼠竄眠屋底摩雲鸞鶴垂天飛投入網羅待筶矢

新穀行

薄塢薄塢何時還禿翁清福薄如此

前日舊穀價甚高老人既苦於乞覓今日新穀價甚輕老人又苦無錢糴乃知命當餓死人豐凶不用著欣戚且寫摩詰捕魚圖圖箇夢兒吹蘆荻

士餓死行

椎牛以享士大將之所爲又或散家財民財無所資江上大將軍民財皆家私意指復掠奪賣井而珠池白徒五千輩需餉三倍之前堂羅優倡後户醉歌姬庖廚棄粱肉戰士饑且罷非無忠義志願作馬裹屍荷戈至扶杖虎頭爲雞皮日久食不繼士乃大告饑一朝死沙土大將罔聞知嗚呼壯士候封不可得壯

士餓莩僵荒陂

寄繼之復邀鋭師

鋭師殘冬來問我我適寫佛擁寒灰爲吾洗硯調金碧觀想神通師取裁纓絡華鬘究典則復攷欄楯與殿臺餘閒偕之步溪上妙選姿態折緑梅歸挿小缾供綉佛令我與發呼舉杯持律不論善溫酒磨墨數斗紙一堆韻譜大筆縱横列寂無一語眉宇開微醺黙韻輙書就時遇醉臥便不催或至醉眠半夜醒舉火復起談一回有此好事和尚在呵凍圖寫今快哉曾約新春五六日便并世事來追陪今已九日尚未

到或有疾病遇飛災師極康健又恬淡意外之事不必犒料我猶飲過燈節十八九日然後來作此功德豈敢懈師若不來與便類幸師速來鼓動我日望溪頭空徘徊

官軍行

人惡官軍濫掠人官軍却有情可伸帥與士卒同甘苦輕用人命如糞土官軍皆持一半氷官厨乃弃五侯鯖軍有婦人鼓聲死帥刻明眸與皓齒官軍無線綴領緣帥之門子擲金錢帥餙微功蒙上賞官軍肝腦塗草莽誰非乾坤生育兒帥亦有何六出奇安得

貴賤相懸絕我非謀拙乃運拙古來財物無所需法
斬官軍取笠奴古來婦女無所幸法斬官軍之淫逞
帥非正身率下官又恃官軍爲屏翰明知官軍有刼
取不敢輕意犯衆怒帥今冒餉欲未充篤言輸餉縛
富翁帥先士卒抄村落分明教我亦淫掠

搜牢行

狗豨相鬬蕭林北老翁爲吏居散職有兒識字日讀
書不欲顯名事稼穡婦女亦善洗鉛華椎髻短衣工
組織彪形挾弓騎龍媒熊腰懸刀張虎翼白梃銀鐺
米百八口稱將軍征兵食見便鑿坏遠入山此翁致

辭無挫抑賊惟淫毒斬掠人長官所以欲殺賊長官
惟爲殺賊人所以軍糧供是力長官亦如賊所爲人
則何賴有此國微祿只存田百畝計畝輸糧敢違式
長官如必刼奪人請君利刃剸吾臆二兇聞言聲如
豺虬髯掛弓刃相逼左右緩之氣稍夷老奴如何可
悖德越城非我存半年汝之所有賊盡得室中所有
皆我存我今欲之汝奚嗇汝之寶玉與狗馬外府外
廐汝胡識此翁出金未滿懷二兇怒其有所匿仙人
獻果鞭箠施婦女泣拜心不惻或有穴地覓窖金或
有露刃詈弱息攜戴金珠及鷄豚觀者唧唧復唧唧

上帝譴怒此兵人不回殺運禍社稷

幕下客

青油幕中神鬼哭四座莫諠聽我告呂用之使鬼奇我有符水何必施能令君侯耳目手足無能爲錢士儀見事遲去樹拔根我却知能使君侯昆弟膠漆都相離鬚髯參軍雖爲人幕賓我能後堂取吉小夫人君侯生殺權我能口舌懸君侯用舍柄我能如律令君侯殺我能振君侯生我能兵君侯收田宅我能廣田園君侯金窨室我能金穴門君侯貴親戚我能長子孫君侯雪大憤我能報小寃君侯得志有其一我能

得志有其七君侯屍居餘氣人若當事我慎弗失君侯掌上之小兒若敢見毀慎弗出軍中豈復有君侯我之鼻息君侯愁咄哉豎儒來逼人我敕伍伯斷若頭生拔其舌投江流君侯胡敢為若留若老可忍終醉死不若存若父殺若子若子曾不禮夫人夫人怒將成禽屬我伺隙加刀碪雖與君侯布衣歡最久強項聽言恨固深君侯聞之得其吉無辜殺之失軍心我言欲除當門蘭寧失軍心殺之便是時士餓死走且便復加誅將為變一軍瓦解胥睫間孺子何知敢強諫君侯如虎嗥乃拔千牛刀無罪戮壯士轅門壯

士號君侯將刀擲我憤不能釋有人拔去眼前釘我
令君侯奏爲二千石君侯事我如尚父不能爲我殺
禿翁鼠子養癰過乃父腹心之疾禍水同雖有天醫
在胡能爲我攻吁嗟兮我勢將秋霜人命同秋艸能
殺富貴兒難殺貧窮老君侯事我猶未絶金玉滿堂
令人惱

烏夜啼歌

公子下馬天未曙美人冷冷雙玉筯上林啞啞烏起
堞城中轔轔車聲去

燕子辭

東家燕子西家飛西家燕子東家啼應是家家多妬女毀巢不許綺窻棲

登郎歌

吾與汝父讀書瑛山居未得與汝父上書承明廬吾與汝父飲酒楓溪間未得與汝父看花長安車每於耳熱咄咄望空書堪嗟頭童齒豁日與醵汝與吾兒師子年相如師子瓦礫汝璠璵大來讀書飲酒寧有不共歟定如吾與汝父潦倒抑塞悲枯魚後日得志毋忘諸

孤兒泣書行

洪綬有亡友山陰才局名士也積書幾櫝而必讀遺孤十五而能文丁亥歲登其家賣其書與吳興僅得七八金且不必至賣書以供朝夕也遺孤豈不痛心於乃父之手澤乎哉勢不敢涕泣而請留之耳洪綬代爲悲歌

孤兒天生雖蚩蚩阿孃庭訓寧不施必將窮曦風雨夕手點經傳傳授之但知黎栗乳臭酪𢺗之流血甘如飴豈知棄我孤兒去孤兒十歲篤學時父執孝廉張六吉許爲亡友之子師訓詁開張半月死從而廢學猶未悲阿孃諸書杯棬在讀之可以發孝思不能

養母以祿養陔有白花廌所知連年征戰處山谷父書滿架不一披養母之道如面牆父書滿架奚積爲不若賣之以養母殺鷄釣魚圖嘻嘻阿母知兒無後望一旦賣之激發兒兒材駑下難激發空將父書付阿誰積書賣書深有意孤兒號天血漣洏

示畊奴

張家有書無父兒兒雖聰明書付賈陳家無書有父兒兒雖頑劣猶不怒不忍牛馬視其兒周章借書三兩部靑藤根下細講論畧皆上口便出戶汝年十八豈小哉豈欲夏楚從而主我雖不得日講論醜女巧

梳汝當補我或醉歸聞書聲大白再浮還起舞看來
寧可人無書看來不可人無欠

寄何人論[illegible]

新識得如真知稍覺聞者皆大白直[illegible]

、涉園
難得茆堂古木坡，夢
龜結構廿年過。弟兄手
植松天盡，譜牒名卷
萬束尊。祥只供文字
飲，老僧留譯梵書䟦。
地因人勝雖難說，獨樹
空庭此較多。

、小愈
秋針絕丈畫醫差，
只覺心閒病不加。飲食
朝來將復舊，參苓晚
漸可徐除。雖隨桃浪因
以縈好趣，鶡上小車近

寶綸堂集

暨陽陳洪綬章侯著

男字購輯

孫豸對讀

七言律

元旦下有夜字

驚心元旦自堪嘲，羨殺梅花發舊條。淪落若還不歷歲，功名將就豈崇朝。今宵憂景無愁迫，明日飛光倩酒招。笑嗅荊妻小女酌，喜他風雪進疎寮。

秋興

日故鄉多客少誰將
喜信報儂家声
一代壽大母八十
夫人臨產歲星東珠
節高聲薇帳中一母
九雛朝鹿日山峯五
老醉光風曾瞻玉軸
徵玉長將盼金章
拜阿龍盛德已嗲夫
子報魏君當授日精
風
一又
卷暖蕩酬雲母屏夫
人嬅、轉方晴笑欣

清晨已上小樓凭薄暮還從曲逕行曳杖逢人能論古提壺有客携新橙年來積得悲秋句到處遺將琥酒名莫道糟丘歸臥穩一簾霜月聽雞鳴

亢老飲予於貞父先生之園醉歸賦此

黄園何以寓林名令我沉思淡世情雖悟浮生真泡影不知何事戀朝榮畫船良友秋湖酌冷雨香風烟水行賦得數詩人未醉主人可喜是吾兄

王遂東先生遊普濟寺招予小隱鳳林

稻粱謀拙入珠林道念爭如俗念深喫飯未能齒粒粒感君招隱桂森森草鞋錢盡千峰暮木杵機鋒萬

翠髮加三錫喜見蒼
頭兆九重夫客城主
耽詩將桐柏山見蓮酒
兵且醉二孫松葉釀飛
仙何必乞青精
、聞禁鐘
長樂鐘鳴感客思薄
游賤士一生期君從鑾祝
宵衣候帝鑾輿黎晉
衕時聲動九重雲玉
露遠令四海被春曦
仰瞻聖主如天地只恐
金門待詔遲
、寄來二

鑿陰公案陳言休再舉聲雖在指不離桒
薄塢覓結茅地不得先責而後望之二首
養成半世住山心添箇痴心功德林欲買清涼修白
業豈煩勾漏鼎黃金病非吾病衆生病深在心深覺
路深勝地證明爲佳色不如依舊酒樓塗
二
搜奇探勝以爲心即遇雙林非道林便得有山如意
珵那尋無主等身金植松慕彼嗟年老入竹憎渠避
客深長者誰當舍松竹聽人載酒與之塗
病酒

叙詩燈側寄星垂落
木蕭、秋暮鴉自支
王孫啼頂鳳譯矣公
子得蜀蛇亂山空館
三年酒流水柴門一榻
各自笑此來思見面
難將可憎見君家
、題落葉
芳霜驕雪減早枝莫
向長風嘆別離不為
深宮傳恨信已和處士
做新詩千山芊角陣多
事萬里秋旌何處之
請看吾曹故志意大憪

無可奈何春漸老傾杯罷桃恨無多耐他酒病驅心病想殺樵歌答嘯歌。眠筆也堪圖白墮草書未得換紅鵝。一生足了醉形影敢望明珠買鳳窠。

失題

與子山堂中會約靜修十日一相過好書買得當分讀疑義商量貴不多新夏園林重領略舊時血氣再銷磨酒壇佳處尋青翠塔影溪聲松石坡

雨中看桃花赴履公邀

催花雨雜妬花風華故商量蚤晚紅嫩蘂瓊枝雖雹影落英結子了天工因緣可惜休辭濕郡邑平安不

梁 任他鷄

易逢一日得遊如兩日筆床茶竈寄刀弓

雨中讀書

絲雨幽篁覆講堂漫燒柏子亂蘭香論人漸恕龍蛇會上口方難馬齒長尚友豈從天際想抄書宛在水中央南隣酒伴休相喚拄杖穿花明日忙

二

天晴試馬借長楊風雨翻經學嬾堂生活稽丘難老計沉酣筆扎獵名忙千秋莫看如彈指一卷休輕論簸揚滿架故書非舊識少年半面暮年忘

三

學海珍珠不可航醉翁母乃氣揚揚趨趨只欲夌高座儗儗埋憂築道傍安邑豬肝同學給尙平婚嫁友生怭若非百字便便腹安肯樓中臥酒狂

宿永楓菴贈大先山主

佛屋爲家歸必登幢幢無焰祖師燈戒衣著相披居士粥飯行深屬老僧殿上松花金色盼廚中梨雪玉壺氷隨君舉示吾能會掀倒禪床便不能

騎驢還山

柳烟酷愛臭吟鞭自出春明不復然靈鷲三秋樵牧迹若耶半載載花船絕無跎蹬長安志願求婆娑墳

典年故里■塘棋與好雪精買得便盤旋

自笑

梅杏櫻桃檇柹梨縛柴爲屋住山谿長安索米吾衰
矣酒肆藏名歸去兮人不恕予人自恕我將齊物我
難齊市廛也便隨緣罷必揀橋東與竹西

二

盲人瞎馬涉深溪卻感神生借屋棲愛殺鬱蔥蘢綠
樹招徠下上兩黃鸝文詞妄想追先輩畫苑高徒望
小妻質得羊裘錢十貫買船聽雨柳橋西

自諸暨還青藤花落矣

打點藤花只閉門日摩飽腹詠高軒秋娘度曲寧辭緩春水垂綸也莫論猿雀久違歸撫弄弟兄牽住便溫存小兒亦解而翁意啓戶先將花落言

過祁文載叔侄即用其韻

裂冠焚硯作舟師剩水殘山能幾時好搨芙蓉[redacted]鵝譜難題楓葉鷺鷥詩此來眼看爲遊戲他日心驚即別離志在四方雙槳歇年過卌歲一帆支

還自武林寄金子偕隱橫山

同夢禪棲家不移便將結想當身爲非能大隱居朝市難與空林禮道師麵院荷花君弄石笋亂山水我

歌詩雖然各自尋幽事那用郵筒各自知

二

明聖浮家何復移俗緣未了聽人爲諸兒尋室因朋友無米而炊作畫師眼底故山新主地篋中新哭故君詩報讐若與收京捷子必先知令我知

三

受命山居情不移山居緜我聽天爲買隣買女香光老觀水觀吾阿父師汝課一朝書一寸我追三景日三詩緣林漸廹青氊矣揮手山靈知不知

四

畫幅雲中雞犬移兩人樂境筆能為山川開滌無邊紙成毀須臾自得師不是知名岩穴士第教莫作感時詩天之厚我君同否血海顱山都不知

五

骨笑愚公山欲移山中宰相亦難為耦耕誰識迷津者再造疇當天子師崧漠紀聞卿解綬孤臣泣血我歸詩糟丘郤有癡龍穴我不相招君素知

六

家近雲門似可移從今不信我能為剎靈若劃三生石宗主當逢一字師望汝飛騰新事業容吾數寄故

人詩荆襄聞已辯張賊眞僞都應報予知

濫託人身已五十苟完人事只辭篇謗云世不尊經
術所以吾逃文字禪詩史彼能追腐史鬼仙渠可指
天仙老夫繕寫何爲者誇示猖狂又一年

和劉念臺先生

黄犢烏林被短褐酒徒何事不相知范張山谷違新
好孔孟長途自分迂不肯田間一飯罷難隨書卷事
君餘掉頭散髮霜天外回首嗟嗟上黑驢

書呂山公扇頭

高樹涼風貫入懷，掉頭歸去謝相摧。無多歲月長爲客，有限山田半草萊。實學可憐無父早，虛名不幸聖童來。良朋坐此難規切，拍案一聲酒一杯。

臥病團欒居

何費力一作無苦思

浪遊已倦足將禁，耐得風寒兩病侵。書看稗官何費力，詩删舊句有名心。小軒容膝閒情廣，疏竹栖人幽趣深。日望天晴能杖履，二三酒伴踏長林。

子新弟初度詩以勵之

招一作把

招酒祝君十九歲，思儂十九那年時。五行過目俱成誦，數載埋頭轉盼遺。少儁軼羣終有得，老來秉燭每

無爲東歸相憶西牕下月明風清讀此詩

王遂東遊曾濟招余鳳林小隱用韻和之

刀兵相逼入叢林已媿南詢行脚深香飯一盂圖報畣數峰幾點寫蕭森白狼童子行前路黃面堂頭惜寸陰人盡入山深亦淺蘇門難撫一絃琹

[redacted]

綠水青山作戰場不容人不且顛狂般般醜索屏風畫昔昔鹽酬枉鴈忙已見王瓜賣柳墅好將花草貯荷香友生可仗存見子愚谷愚溪唱晚凉

二

十年别却打毬場結社花神與酒狂長夜飲愁不得
足送春詩出和皆怩尸横宗廟生非分骨醉陶家埋
不香昨日儒冠今日鐸有時心熱或時凉

登越王崢禪寺有感

投水棲山總不分過斯已往或離羣入禪有幾寧辭
雨望海無緣莫怨雲伯主空王舒少恨功臣法嗣建
微勳是人都發先朝憤此地曾旌君子軍

潘氏園亭苦雨

雖則謀生烏足謀著衣喫飯豈能休滿山盜賊難歸
隱一手丹青且薄遊料得兵戈無息處便輕身命不

爲憂乞天賜我晴三日下了書樓上酒樓

夫子受譴去國小詩賦别

聖君求治思朝夕夫子孤忠在責難大運違吾堅所好橫流非我孰安瀾靑鞵布襪嗟行矣黄鳥麋庭艮可歎誦道稽山瞻北闕浮雲不許老臣觀

寄三大父

眼見花花草草辰獨觴獨咏兩三春五年歌舞非艮吏千里笙簫迎老親羞我爲生逢聖主閉門坐食負先人許多落莫言難盡又恐憂思不欲陳

七章菴帙書

竹塢蕉園成儆廬筆牀緗帙具皆餘大夫薄俸留田宅先子遺風存史書已悔從前虛歲月未知已後惜諸居夢回酒醒常深計未得幡然一嘆噓

醉花亭成自庚午仲夏至辛未季夏始得日坐感賦

吾愛山亭竹樹幽搆成奔走未曾留半年也逐功名事五月聊爲兒女謀俗務每從無意得好懷不是有心求連朝飽坐工書畫感想怄時絕夢遊

過先和尚值穫書勉之

清風細雨愛山行方丈惟聞打稻聲任彼老僧來乞

食教吾侍者學翻經六時知不虛檀越一鉢當思祝
聖明我亦東郵僅收穫願言勤學答昇平

懷西湖

水光山色都相似山意水情了不同病許金釵歌扇底神畱畫舫采蓮中常懷仙去如吳鳳猶愛爲官做長公誰惜沈錢乘興往風流不待白頭翁

將别沈敏甫書懷以示

綠波南浦繫歸舟夜雨巴山話未休心事欲從知己道男兒羞把世情謀喜借春色爲行客多値窮愁悟倦遊别去揣摩尋二酉樂天一醉浣江頭

自蕭山歸見女口占

入門迎我無孃女躑躅前來鼻自酸多病定垂兄嫂淚不馴應失侍兒歡新裁綿服雖無冷舊日慈心猶慮寒且逐小姑鬭草去那堪含淚把伊看

穀日

臥病忽驚穀日至春來百事一無酬枕邊朝暮如年度世上韶光似水流鄉夢不隨鄉思減酒杯漸與酒徒休元宵已到身還健目斷笙歌十四樓

夜飲秦望山中醉後偶書

每歲觥秋高興發今年杖履輒悲傷菊花似錦凋零

近梅樹如柴香韻藏願與世人消怨恨誰將古道諒
疎狂此宵幸入山中飲話到松林鳥雀翔

秋興

落帽風吹久逝魂杖藜覓句立柴門軟纏醉臥黃花
地勾引低迴絳葉村橘柚誰家許我乞野航無至耐
鳬蹲一年勝事今將盡切莫昏昏睡北軒

喜十三叔五十兒六十三兒畱生姪至蚕飯

叔父弟兄皆皓首刀兵甲馬過蓬頭東隣送米供吾
客西舍遺錢助酒籌再世再逢親骨肉重生重整舊
風流醉來仍自躬躹睡借得僧房當我畱

子方叔亦公兄仲琳兄復過青藤書院小酌送之且約卽歸

不圖一月兩握手笑拔金釵沽酒來攫食宛同村社飲置身如上望鄉臺前期已失看烏桕後約當歸待綠梅聚首應知無幾日何勞鄭重送君回

聞鴈

月高湖海陣雲垂霜臥蒲華鴈字移少婦已無征婦怨老人却有野人悲周書時令解云鴻鴈不來賓遠人不服一家南北君非旅八口東西我借枝然有同愁同病處普天難覓稻粱時

雲門寺九日

九日僧房酒滿壺與人聽雨說江湖客來禁道興亾事自悔曾爲世俗儒楓樹感懷宜伏枕田園廢盡免追呼孤雲野鶴終黎老古佛山癯托病夫

[redacted]

草木撩人梅遶屋作花作實禿翁羞鬚留原覺人驚眼刀冷遲於夏剃頭運內君臣輕社稷畫中甲子自春秋遺黎只有蓮宗廟壯不如人老合休

九日與朱集菴坐雲門賦二詩復屬和少陵秋興八首韻一律隨敘癸未離京至今日行藏

鐵馬聯鑣潞水斜書生揮灑出京華便同仕隱投蘭若再買漁蓑盪釣槎西子湖波三習戰越王城下一吹笳老夫懷抱當重九寫紙淵明采菊花

覃晉仲集季栗表弟家却贈

龜鼎全移下越城去城廿里不知兵彼時自分膏刀斧豈謂兼存老弟兄秉燭莫尋羊骨穪佳山還鉄露葵羹艱難此會宜沉醉醉後休題亾國情

二

乏錢沽酒病相凌酒量因之亦不勝隨意杯盤蘆菔臥或時杖屨草堂登年將知命耕無力運值龍蛇多

淚稱焉得平安度晚景索予書畵輒能應
。重　院住足
少想山居老遂心可憐避亂借禪林僧離酒肉总名
利寺閱兵戈歷古今以罔淚乾隨畵佛首丘念絕望
遙岑爲人君父都違教也侶霜臣澤畔吟
。[redacted]
慚負君親老博士且逃山麓課諸兒敎其忠孝而可
矣念及功名則已之夢裏難总三世祿憂深那禁一
篇詩餘生日是偷生日唱歎時交感歎時
。[redacted]

心肝嘔血作詩文半百雕蟲道莫聞儒者不能殉社稷學禪那得伏魔軍無過宿世爲辭客敢望空山禮白雲品行如斯言豈重又何趍出死生云

白頭難得比於人奚取功名置病身不死如何銷歲月聊生況復減青春先朝養士斯爲報孝子忘君敢自陳持此無欺求恕我錦囊驢背了孤臣

何必人生定有隣青波紅樹更相因嚴城畫角驅寒日孤舘茶香畱野雲老去故人傷聚散將來筆墨亦

沉淪酒酣技癢難收拾又對秋林寫我眞

[redacted]

廿載青春拋馬足五湖風浪轉船頭異鄉雖不成安土故國如何作客遊臣子一倫今世絕首丘片念幾時休吾愁與命相終始芳草空勞日喚愁

雨中讀書

春雨難禁吾發狂殘書殘史也飛揚十年有恨千秋業一日無書百歲殤社燕於巢林木近墅棠唱曲女兒傷金陵綺麗恩劉覽雖甚念情不敢念

結社念佛

一念菩提萬念捐善根夙種有良緣青蓮會裏無塵土蘭若盤中絕掛牽暗地燃燈如白日微塵撥霧見青天勤修精進防休歇苦海回帆是福田

幽事

但尋幽事我優為瓶插仙華冒墨池寄贈偶然捉白扇作書還得比紅兒雙頭痺就扦茄本百舌高攀學畫眉四十八年醒夢半功名棄蚤坐禪遲

曾仲集八十日內亾一子一女愁病卻慰

弱女非男良勝無珠兒珠女兩焦枯從來情鍾難寬大再世為兒事豈誣骨肉愛根誰斷得翁孃遺體也

須扶當今豺虎吞人日不免扶攜遷徙乎

賀劉道遷得子

劉家得子陳家喜四十年過羅酒漿能誦老夫詩驥
子書成羨女爲滕王一軀佛像求摩頂半臂棋花銷
得裝貧士客邊聊致意大來問字掃東堂

蹔息

惡勞好佚世相嗔髓竭精亾我許人社裏金閨浮氣
結鐙前玉面業緣親學宜藏拙譚離亂質本駑才稱
隱淪不坐小牕香一炷那知蹔息百年身

不飲

香名恥列小酒户亾命强飲四十春迸物標異巳半
世微言相戒無一人淸心寫山畫傳本靜氣看花文
有神雖不學儒與學佛親枝凋喪吾酣身

元旦

天子龍飛眞聖明肅淸四海慰民情秋冬氣色如春
夏山野歌謠似禁城從此惜身停麴蘗還嘗讀史取
功名休嗟老大看新好雪裡梅株也復榮

其二

新正凭欲淚潺潺三十年來進取艱但得聖君垂德
惠也甘賤士處幽閒疎疎梅竹鳴春鳥曲曲溪流繞

雪山熟煮萊根傾一斗聊成數律解愚頑

小愈

狄針鮑艾盡醫差只覺心閒病不加飲食朝來初復舊參苓晚際可徐賒難隨桃浪廻雙槳好趂鶬聲上小車近日故鄉歸客少誰將喜信報儂家

代壽太母夫人八十

夫人臨耋歲星東珠櫛高擎幃帳中一母九雛朝麗日三峯五老醉光風曾瞻玉軸徵長立將盼金章拜阿龍盛德已蒙天子報魏君當授石精融

其二

花暖鸞酣雲母屏夫人燁燁展方晴笑從翠鬢加三錫喜見蒼頭兆九莖芙蓉城主駝詩將桐柏山見運酒兵且醉二孫松葉釀飛仙何必乞青精

聞禁鍾

長樂鍾鳴感客思薄游賤士一生期君從譽枕宵衣候帝鑒蒸梨賫粥時聲動九重垂玉露遠令四海被春巖仰瞻聖主如天地只恐金門待詔遲

落葉

劣霜驕雪減寒枝莫向長風歎別離不爲深宮傳恨信也和處士倣新詩千山羊角渾多事萬里扶搖何

處之詩看吾曹放志意天衢梁父任他羈

法園

難得茅堂古木坡夢魂結構廿年過弟兄手植松三丈画譜持名花萬窠尊斝只供文字飲老僧留譯梵書叱地因人勝雖難說獨樹空庭此較多

寄來二

裁詩燈側寄星車落木蕭蕭枕暮鴉負笈王孫啼頂鳳談兵公子得笥蛇亂山空館三年酒流水柴門一楊花自笑此來思見面難將可憎見君家

山中即事漫成

萍踪到處便爲家護數歧途泣阮車應是有情過竹塢何曾攖夢掉溪艖醒來枕上聽啼鳥春去階前惜落花肥綠滿林心自醉俄驚新漲濯明霞

其二

尋詩杖策意容與入目烟巒態有餘常向花間偷問月偶因酒後暫拋書籬邊刈竹雲初靜簷底焚芸蠹自祛可是性情眞絶處清泉白石更如如

賞梅

清秀丰神澹遠姿千山氷雪贈君詩節操已自堅貞矣意氣何妨歷落之椋屐踏看新月上茗甌話嗅二

更時鼻尖靜覺春浮處池畔蕭然寫一枝

游趙赤城廢園

小門一徑傍山開無處林亭不艸萊怪鳥覺人啼欲歇危流濺石咽難迴幾聞竹嘯爲行客但見雲閒伴釣臺風色豈因今昔異漫隨吾侶入園來

村居久雨和葛無奇韻

綿綿疎雨恨離居片片柔風濕綴書簷外疎泉遍遠澗潭中垂釣得肥魚誰知竹亞隣家檻更覺烟封野寺厨鴨掌拍發斜隴藻痴兒拾盡小園蔬

喜晴

麥田春水白洋洋忽聽農人報欲穰一縷晴雲烘野色飛多爽氣遍林香不愁燒蕨無清供且喜烹泉得茗嘗搦管要將巒秀譜悠然又聽鳥調篁

醉芙蓉

淸風白露泛紅粧一瓣芙蓉是彩航瀉水承恩酣御酒瑤池侍燕餌寒漿解醒對鏡驕金谷拚醉憑闌妬洛陽客邸良辰無勝賞溪除猶賴樂相將

其二

爲愛瀟湘淺澹粧頓令心醉一葦航侵晨滌蕩三秋魄覆午淋漓千日漿酣珀瑤姬嬌楚岫沉珊玉姊艷

昭陽莫教今夕閒題詠傲殺名園罰自將

其三

不向東皇鬪舞腰偏央白帝素綃描羽衣浥露姿初爭絳袖歆風態欲嬌嫁後羞容魂欲斷歡來密意夢俱撩獨憐悵別汀蘆畔多少行盃飲寂寥

其四

冉冉秋江媚楚腰紅顏皓齒女夸描脂痕淡抹臨邛寡酒暈微施虢國嬌助我縞思醒作伴輸他艷致醉相撩小牕風露朝來重頻賦新詩慰寂寥

麗景無如三月天況逢脩禊晉家傳吳山不減崇山翠江水偏爭曲水姸羌處笙歌人語雜許多花柳鳥啼邊詩壇近日推文社分試青湘白雪箋

遠林寒漠下朱暉徙倚高樓乍掩扉世事豈堪談駿骨萍踪猶是泣牛衣韓娥失路佳音歇燕子爭巢王謝非聞道禁廷形管在愧無雅頌重宮闈

入雲門化山之間覓結茆地不得

吾笑買山而隱事吾爭山隱亦堪哀必求白石清泉處還望香茆銀杏栽遍地道場居破緣終身行腳見

如來古人遺趾猶難步欲覓文殊非五臺

其二

椒紅桂白餞秋半半百臨身始自哀世壽兊何僧臘促霜鍾深省我鶩材買山錢少求人恥賣畫途多遇亂來昨夢太平歸故土翻經臺有讀書臺

其三

居士堂中起法雷耳聾汗出乃知哀當頭一棒吾根鈍舂碓三年老廢材生死大困尋勝地人天小果盡如來未脩慈氏尊前福脩福先從九品臺

其四

國破家亡身不死此身不死不勝哀偷生始學無生法畔教終非傳教材柴屋大都隨分去蓮宗小乘種因來定來金界和銀界永去歌臺與舞臺

仇園

秦望農家富可求鴉頭飴背灌園優佃夫飽餵書生福老子康寧筆墨售大别竹中聽說鬼小山松下學牽牛喜吾怒髮髡千丈任彼龍蛇混九州

九日朱集庵卧病雲門命鶩子勸酒

重陽風雨妙高臺戎服登臨問刧灰故老怕逢佳節至菊花又傍戰塲開湘纍空掩南冠泣雪窖虛傳北

雁來穉子勸卿添一盞明年今日孰能猜

和奕遠蔣氏山莊

雲中鷄犬北山陲鼛鼓聲微一過之曠日斷書通動靜片時不見必驚疑驅馳騷雅春風至計較松醪花事遲老病孤臣窮鳥類傍君幽賞制悲思

山樓示朱子穀鷟子鹿頭

少投酒國號天游老學新僧不解愁負國賊闖侵[redacted]境逖軍旗說返[redacted]州盤餐唯菜逢多雨避亂還山有小樓寶髻莫看容易頂前身勤苦販珠儔

和奕遠哭母詩自悼相勉

從來閨訓懼虛名截髮留賢氣感生母禍亂離歸淨
土子身隱逸報天成空山雷震兒呼在薄產蒸嘗志
發明不逮吾親猶及補哀禽馴虎汝爲程

其二

少失吾親淚得名東塗西抹老經生父書鄰齕爲遺
筆母杖中齡泣不成長撫顧霜追范氏不須絕粒似
昭明永思杯棬當流美傳易談天有二程

聞閫中

槭槭庭柯剪暮雲茫茫懷汝夢秋濆閤傳主相爭航
金子江城戰嚼齦素憤偷生與死等甚明忍死寄

生云定全節義文章節善報君臣魚水君

其二

聞地忽驚圖籍納金公不惜首身分臣心臣面曾强
諫吾戴吾頭獨入軍殉節驚濤當取節陣雲鯨浪接
停雲得生佳信終難信傳死風聞最喜聞

聞重慶兵變兼悼[redacted]

陽巳報委輕塵劍閣俄驚殺大臣袁帥巳從趙適
判秦嫗未許洗夫人同心不見諸文慰飲血當為社
稷神最恨半閒堂上客民膏萬輛日轔轔

除夕 元旦立春

冬天肅殺今朝去春氣融和明晝來草木因時知暢
茂黎民屬運致疑猜儋遺有愧何年已首食無期盡
衷痛殺舊年今日畢[redacted]拜將築層臺

壽花志喜
每年雪後梅欲發
今歲梅開雪未飛不
是陽春能越令天爲
聖主寓先輝
、醉歸
不記大杯與小杯杯稚叢
多村晚風來曳條竹杖
唱歸太傅兒床頭酒醒
開
、贈忙公師兄
春花搯盞不能留
日日溪南溪北遊遊到
興闌何日也校書溪
鎖最高樓

寶綸堂集

暨陽陳洪綬章侯著
男字購輯
孫豸對讀

七言絕句

九日燈下

多種芭蕉端爲秋三更風雨臥高樓家人相勸茱萸
酒生怕遭翁白了頭

壽張登子

前朝薙髮老明經祝壽何勞觴竹亭君有活人千萬

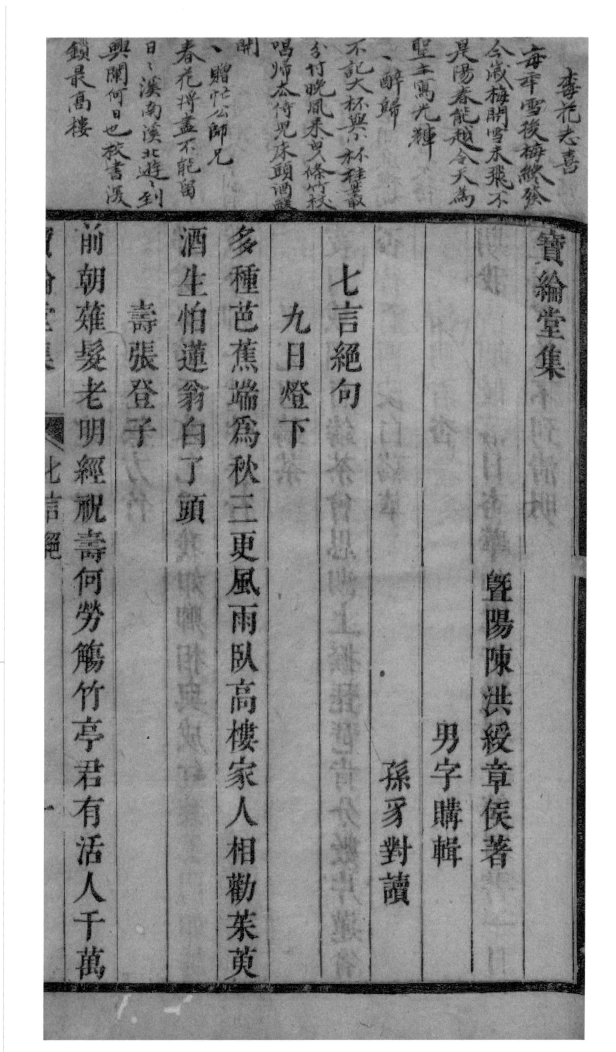

八、書罷偶見黃鶴舞中不公戲
書示恒如
萬罷松紋瘦脫瘢
繞廊細咏舊時詩
金衣公子鮮人事剔羽
樹頭好發音
、京邸病中即事
春到人間病覺輕扶
來騾背坐閑庭梗楠
書几宣銅鼎只文梅
花插膽瓶
、壽人
如若四十抱叉孫野蔓
蘚香共一樽好把世情少

覷爾星定作老人星

乞張德操方竹

拂雲毋筍重來乞愛我如卿相與成紅葉雲門如誘
我分卿一杖伴吾行

又乞日鑄茶

夜月成團日鑄茶曾思湖上撥琵琶肯分數片蓮翁
否待看西陵白藕華

清明看杏

期我清明散落日杏華如雪借驢行十箇羽書一日
至料難挨不到清明

去否高梧文杏可成圖
、西坂飲歸書與內
春晴不必高閣讀卧
酒眠花學自深請看
花塢扶筇去逸趣高
情來遠林
、又
得人不覺便得酒得
酒不覺便得詩又得
暮山紫中去偏逢山
上來遲
送鏡菴歸
老僧斷雪歸山谷贈
寒林乞士圖無奈手
龜難美筆只將遠
送到梅村—

清明第二日

寒日清明雨裏過登山臨水太蹉跎吾生得意唯山水都不由吾得意多

覓結茅地不得有感

老大千巖萬壑中袈裟隙地不相容莫提生死因緣話泉石因緣也不逢

二

受命烟霞老禿翁東林北嶺費扶笻翁心易足難如願竹石樵谿與澗松

送朱集菴蹔還禹陵

、聞禾季琴
玉琴夜按梅花譜心神
逍遥夢澧浦樓下蕭
蕭灌木鳴边風過処
留餘雨
、又
美髯老子發商音清
遠時奏淡与淺似逆
秋風入幽谷雪瀬千丈
酒吾心
、邀亦公
試茶日日擣花香時書
新句數百章安得亦
公叩户出詩出茶與之
商
、又

老濟寒山訪老蓮半床松月贈君眠由山急作還山
計松月無多雪滿天

無錢

無錢山舘難酬飲蕉葉分嘗當百川幸得病餘酒量
減松根時學醉龍眠

雲門寺還

昨日雲門聞曉鐘今朝秦望坐高峰儘多掛得芒鞋
處需聽機緣守老松

借米

家家借米拙言辭深感家家屢借之升合湊來皆各

閲君擁書溪上樓新竹一叢鳴乳鴿當有好句寫真悟可能示我老渴否

懷黃儀甫

吾懷畫必与古人上涵將脈妙試一家黃郎學我須得理若寫古卷師真卷

、懷沈素先

静者無如沈素先能令吾輩亦憐然前定定是阿羅漢王鉢藏龍自在眠

又 重出

沈郎腰似隨揆擲截得

種桃花點綴雪飜匙

文殊菩薩翻經像

氷雪西遊能幾回十分春已在寒梅堂頭古德言堪
誦欲覓文殊非五臺

補衮圖

寫佛書經事事無小山桂白坐西湖敢將筆墨爲師
壽画得清朝補衮圖

末叔小像

金粟如來是後身白雲紅樹敎傳神爲君書画爲君
醉侍者原來屬此人

春愁此猶多野棠閑
盡春工歌倒掛黃鸝
喚睡魔
、邀友
雨後登樓山氣清蹊
緣竹少蟬聲晚來奈
喚誰家酒邀爾商量
覓酒矣
、鄒駙寄兄北征詩
黃葉乾時寒鳥呼阿
兄記得舊年無新菊耳
蒸臺工醉寫漫天落
葉圖
、寄沈子雲
欲寫先賢稽古难周
秦衣服漢唐冠寫來

失題

眞是深山古木平十餘年裏幾囘行山名每問無人
識木石原來能避名

寄周陶菴

別無兩日書三寄書有千言又二詩最是紙勞心不
厭滿山銅馬客唫時

失題二首

桃華馬上葦飛僊自剪生綃乞畫蓮好事日多常記
得庚巾三月岳墳前

二

羞出藍田者鑒賞先
邀沈子觀
失題
梅花已發雨雪頻新春
踏春無人深鎖小樓讀
秋蘇閒飛一觴客不嗔
·與七叔問梅千溪酒
閒書以紀遊
巻綠邊裁巻殘書載
酒竹歌春思餘賦得七
言詩數絕此番遊覽
未爲虛
又
梅巻開時我不來梅巻
落時我始來喜得一半
猶未落不到月斜我不
回

隨我蘭生弄湖水兩峰却好孟冬時雨成淺水輕烟
筆寫得微雲遠岫辭

畫佛

畫得如來欲讚嘆口頭三昧示人難婆羅門作河西
舞避難而來一餉歡

除夕懷道遷

含酸憶子初秋發寢𤺋悲吟除夕歇離羣誰與寫夜
栞山澗梅花谿水月

懷樂禪上人

古道猶存只友生豈知方外有山僧原來佛法無多

海棠
乞得東隣秋海棠官
窰盆種貯秋房夜深得
句如飛艷亟把燒燈書兩
章

謬傳納宮婢甚至婚
嫁多野合戲作三
絕效俳体也

垂髫兒女侍公姑總角
兒童做丈夫春怨秋思
半晌盡閑衾剩枕一家
無

斬新十里燭臺紅鳳呼
鼉喧香街同不識新
人那个好教儂想入楚
羅中

金蓮飛許倚琵琶亂

子紅葉黃花酒一朋

[redacted]

山雨過溪白鳥飛女蘿枝蔓豆根肥一尊劇有清譚
在又說狂夫一是非

二月十九日雨商道安以不得進香爲恨而解
之

大士生辰逢大雨齋公何用費商量悟他都是楊枝
水勝卻親拈一瓣香

二

貪喫新茶入道場圍棋酒盞費商量卻愚罪過難消

亂無端撮合差今夜
聲 錯認後幾多謝
媼入王家
壽駱大
燈市能籌款不餘壽
君初度仲春初君當
酌我殘梅下我必爲君
作大書
、西湖
爛醉湖頭三四日許
多詩料一時無曉來
百舌畫烟柳風氣佳
時時呼
、又
無在山居辨此遊新
新詩句寫風流只今
無咏非爲懶唐突西

釋深夜爲拈一瓣香

還山

還山爲看刺桐花便過溪橋舊酒家無奈道人呼且
住不參公案試新茶

二

有道喑聾避客深山魑木客莫同行知心唯我能知
悉我最難知是我心

三

彈指湖山依舊青簪花宜往望湖亭感他不盼山容
去令我寧爲浪打萍

湖亭不羞

又

李檣出門山月淺騎
馬入門山月明可得無
詩書紀否自今爲娛
新教

梅花下酒閒賦

舊年來時燈市前今
年來時草生蘇明年
必來須早來梅花不肯
爲儂溪

又

梅花萬株溪流繞酒瓢
擲處春情少醉酹歸
一二三四月下美人日渺渺

又

四山色美春鶯踏遍西

四

猿雀魚蝦緣未慳入山曲曲水灣灣新成蘭譜都如此舊賦停雲不必刪

五

得稱名士著綸巾不是爲官也憶蓴時事時文都塞耳賣書買犢學農民

六

竹谿逸與竹林賢尚古懷高已有年欲釣隱名非涙得也能孤影聽流泉

七

郊又北郊醉酹劍萬塚
無宿處誰將此地結
書巢
陸氏野趣圖
柏天湖水數十里低戶
垂楊三五重大碗小杯熟
數飲醉圖米氏小山峰
遺長兄閑君子書
催茶雨裡事会無酥飲
邀君酒不濡寄與道
家書一部好將香茗
下功夫
、濟寧寄兄
鷄鳴涼月和沙見日
落鳴蟬帶浪聞思
君過了思妻子〻〻思過
重思居

智珠授受老支殊賤卻人間記事珠瑲軸牙籤隨地
散得之本有失之無

八

遠山二十里餘程石厲松椎水碓聲女伴若逢山水
僻歸需緩緩月初生

九

三十文成非鬼僊廉宦循吏更相傳醉翁蕭帽雖拋
卻馬齒多君十六年

十

綠楳寫照墨楳條白玉歌兒紫玉簫一歎明年初度

懷可一
松聲竹韻風最高推
稱器般梵唄號為繪
緣不起念宗門禪門思
欲逃
、酒間贈李將軍
將軍好客酒能多玉
饋文變金巨羅樓船
鼓吹游冶子不買双鬟
便唱歌
、同友于溪間壽酒
索詠
梅下不可客俗客只宜
老衲與良朋、兩飛觴
盃又想梅精敬一教
、醉書
杏花開日不擲書日之沉

日大夫松下憶紅橋

十一

數點梅花十壽句一堂飛霎雪兒歌結髦運甓君能否此夕酣身一日過

壽于將軍

隨處春風隨處閒不閒不過寫春山換將蓊酒爲君壽要引將軍一解顔

二

淸油幕啓面西湖六斛珍珠贈酒徒遍覓都知行壽酒大蘇又有小蘇無

醉歸卜居君劉桃花
洞日歎吾鄉隨處是人
吾廬
、過惠山吊顧孝
井本詩賦尚幽深每
日題爲水客奴楚水春
風三十載文園道稿尚
誰壽
、寒食
一春只有九十日記遊
滿十日餘陰揷柳須一
太半夜子時三月初
、賽神
長年祠前東柳東巷
崔鼓兒早晚猶大頻小
頻爭出望折戒後圃
無數卷
、贈守潤和尚

三

道人聽雨得淸思便爲君侯作壽詩萬歲千秋非[redacted]
壽曹彬名字古今垂

四

膩葉蟠桃肆踏歌人生那得鬢兒皤金蓮華揷將軍
髩長命盃傳金叵羅

五

白玉花開天酒香一雙老眼看春光歲星與我無他
事醉後狂書數百行

梅雨

老衲貽吾茶一碗白云觀
種碧山叚高情何處溪
相憶月上梧桐自廣時

失題
杜宇三聲坐清曉計
莫令朝何所爲三月不
曾圖一佛老夫還道少
年時

問駱七病
光藥清溪老樹間清
思幽意愛君閒比來喜
亦爲文病由意奇思
不盡刪

除夕贈樓祈生
除夕惟吾每得閒吟暑
佳句滿思艱偶逢樓生傾
尊酒不續殘詩忝看山

楓谿梅雨山樓醉竹塢茶香佛屋眠得福不知今日
想神宗皇帝太平年

[redacted]

不[redacted]聲氣不譚文不愛山雲愛水雲去住隨心山水
[redacted]過予多半是紅裙

[redacted]

老蓮書畫未云能人許高人王右丞雖是虛名宜實
受打將粉本寫交藤

寄湯自雲
近棲藤樹石橋西君若來時可共棲君寫秋蘭儂寫

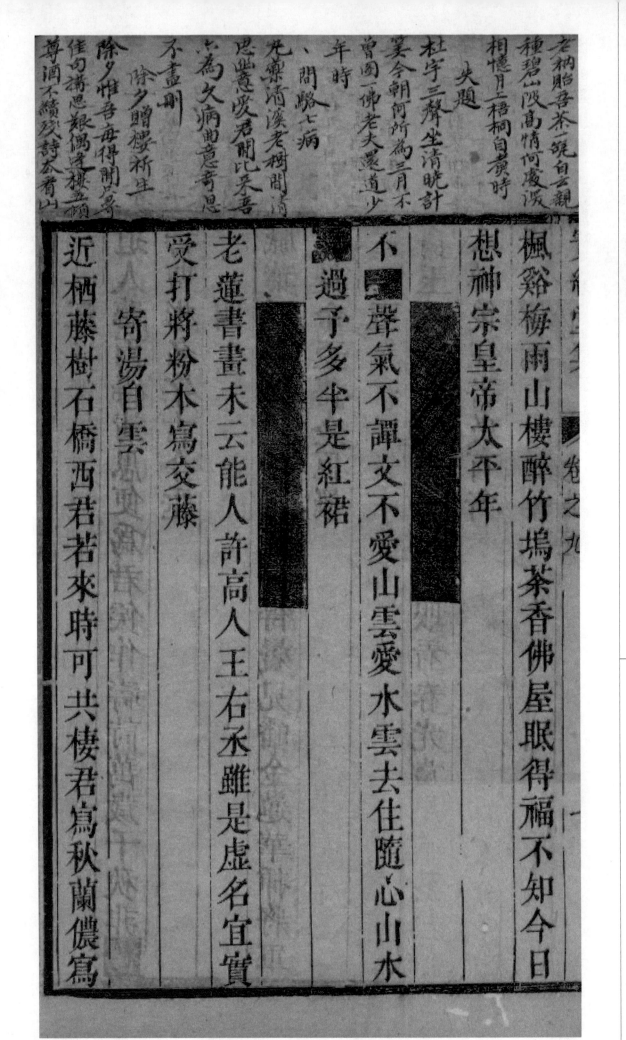

、聞鶯
晚發東昌新雨晴合歡
樹下暗聞鶯享冀歸臥
山樓晚幾碗新茶聽一
聲

失題
酒盞一日疎一日良醫
一朝屬一朝吾友分居
爲山水遊兔暗忿自
相邀

春雨久
莫非酒分花緣薄[illegible]
新年接旦年最是春陽
容易過偏杏晴岔二月
天

、憶別劉子過
舊年把酒送劉崇春晚

石兩人評畫聽黃鸝

壽蕙荳伯八十

有道能文八十翁桃花萬斛嘯長松壽雖世上非常
事不在方瞳紺髮中

海棠

海棠纂纂蘂兒紅爲祝封姨莫大風富貴邀天天不
與護持花或聽山翁

二

海棠四照欲斕珊珍重呼他慧眼看林竹畫分工丨畝
贈青泥芹餉一春盤

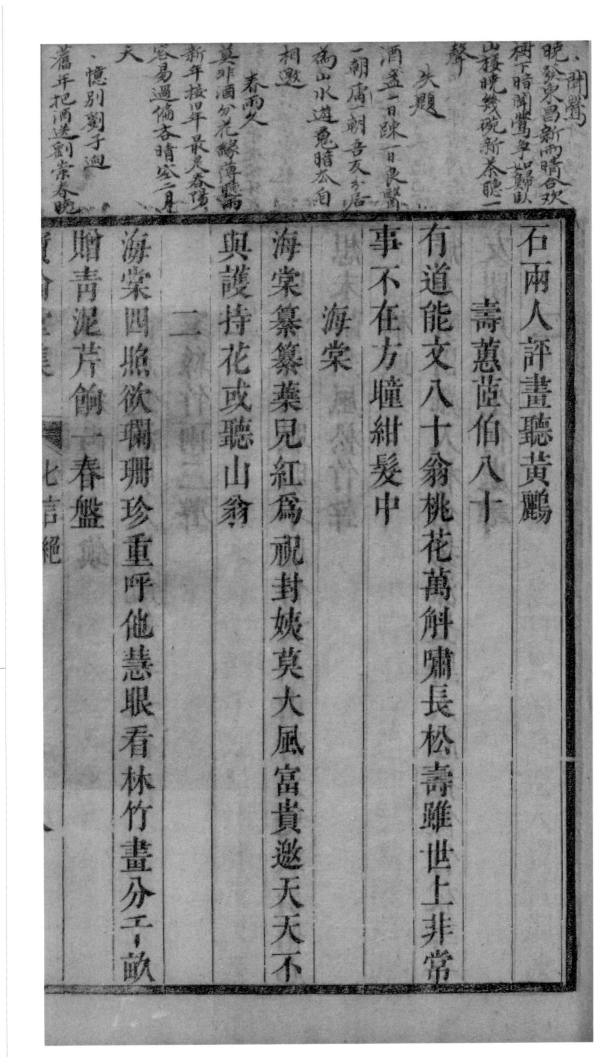

錢塘潮未道只是別離
両箇字話終揮手多感
中
、寓道人持桃核杯圖
壽兄
平明侍宴素華堂
分與金莖芽桃核杯記
若姓騶山去藏下龍胎丑
色醲
、头題
千山風雪出寒溪不識
摧残剩芟枝一過酒壚
頂痛飲凍香薄粉自
憐時
、月下
月兒不缺艷陽天續得
韶光成半年欲唱春江

清明遊禹陵南鎮

老來作意愛清明人買𦨭船我趂行山水清音五六
里內家絲竹兩三聲

二

一見清明老眼明不馳侍女只山行大堤歌扇留心
想未耐樵風松竹聲

橋頭

無力畊田難入林名場深畏野人心拖條竹杖尋吾
友閉戶先生何處尋

二

花月下恨無從范蠡覓
傳
、范夫人壽詩
五十年來泣語兒何年
得女長成時今朝冠帶
稱觴者都是郎君之所知
、與客燈下話別
與爾黃昏訂會期小廊前
雪耳風吹明朝據上山陰道經
蠟當添三兩枝
、寄藍田叔
亂山霞蔚畫家師譜入藍
田精本宜乞与數筆懸小
閣不勞門外去尋詩
、答陶水師
燕來時候同君醉燕歸時
候得君詩莫記燕來時
候醉燕歸昔候有相思

買得棋園難買樓借人幾貫買漁舟避人賣畫烟波裏幾貫酧人容易酬

三

改完舊句聽黃鸝禽鳥知時不肯迷柳浪鶯聲將得令子規所以盡情啼

怪山飲酒

好處迎春隨送春飛來峰下酒千巡自慚那得英雄恨也飲醇醪近婦人

飲瑞草溪亭書示燕客

爲我深林施石床再於橋畔爇芸香爭名別業君今

壽五叔
高臥千竿修竹中松風
十樹響高空不須梅工
神仙訣能使先生老復童
、送范仲雍之閩中
閩中山水壯而奇古廟猶
餘春漢碑願記好山張
畫膽須搜古榻寄相知
舟中
舟中嬾困不抗頭噴飯
殘書倦訂蹉一臥日斜人喚
醒滿船蕭鼓放中流
、讀李長蘅檀園
詩以其有仙氣
不是人間多大年當天
上解楨仙誰將妙句能
箋疏書用泥金寄與
天

得來寫蒲團禮法王

二

太史文章逸少字道玄賢聖少陵詩古今寡二終何
用用感知音痴不痴

題畫贈石齋先生

問道提心性地昏慚將筆墨叩師門譬如野象聞彈
指牙掬曇華供世尊

夏至從倉塘還時居於此

避世不失佳山水地主兼留老禿翁禪榻曉風聞菡
萏雞山夜月看高松

其二
曾聞老楓化羽客此是無情之有情老大一展樿園後便在金銀閣上行

其三
欲飽禮園飽食盡歙將沙向醉中吹若能羽化真如蟲瑪得萬龍衣女歌

題小景
溪翁如之渡瀾川樹婉孌幾片君山堆滿向碧苔心自遠卻似前生曾去來

題畫

黃鸝無樹不相宜宜莫垂楊垂柳枝何異聰明小女子天寒修竹喜唫時

病中

病中夢境十分淸行棟湖山深處停摘得楊梅逢舊館栟櫚坡子過溪亭

梅華

不見梅華難禁酒幾時開酒對棵花舊谿御有千餘樹少婦當罏一兩家

二

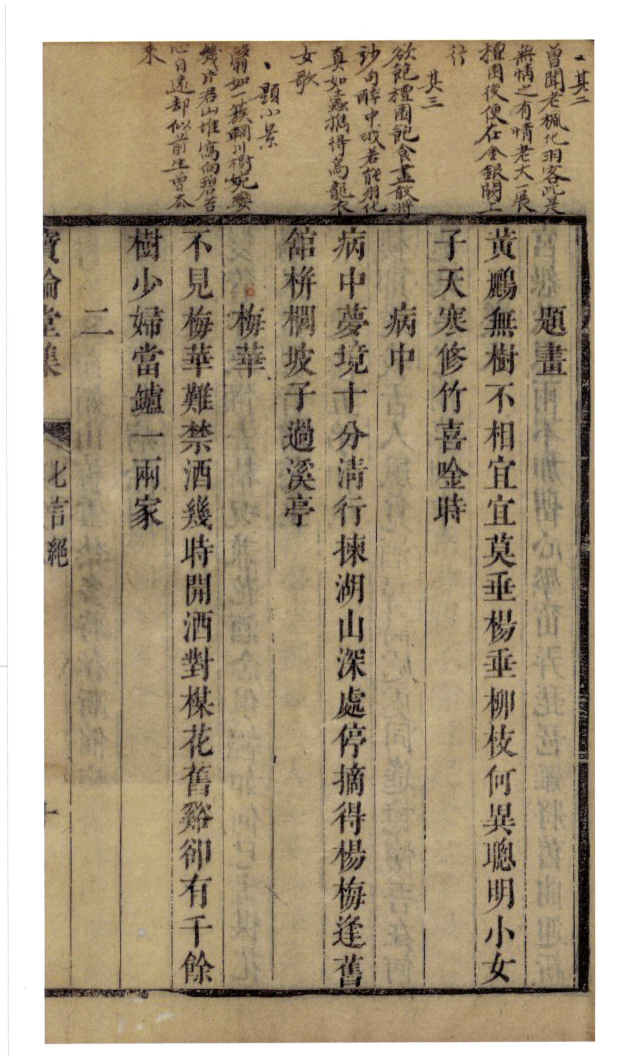

擬歌艷曲媚山梅雪禁多時春漸催病裏若聞他寂
寞倩誰留待病除開

三

雙管年來懶去精況兼花酒念俱輕如何已畫棋花
扇又畫觀音贈楚生

懷樓五弟初生

樓郎愛我古人風覓酒尋詩處處同遥憶懷吾在何
處寒波老樹暮烟中

美人

宮怨秋思兩不加留心學笛弄琵琶難將舊曲迎新

好又值初開紅藕花

櫻桃

證得旃檀林上果老僧夢得不需尋泥金盒子皇封字分賜東廳女翰林

竹

鬼工榻得王摩詰遠性摹成蘇長公人品文章爭座得有之所以易爲工

芭蕉

老夫愛聽雨芭蕉更愛初冬雪作飄一面琵琶雙絳蠟數行草聖酒千瓢

蓮

去年酤酒那人家紅藕花欹白藕花谿女烹魚谿友唱書完內府一端紗

玫瑰

老來貪識春風面嬾作徐熙落墨工誰能滌個鳴春鳥細雨宮愁十二紅

薔薇

文運真從國運衰薔薇空自耀疎籬雖成香露銀瓶貯安得昌黎文讀之

壽蕺茂齊母

萬柄芙蓉映碧紗一聲鐵笛弄琵琶太君勉爾觴天
酒用慰山陰道士耶

送春

只有今朝一日春賞春故事醉佳人今朝風雨僧坊
裏來看子圖護法神

書屏

西湖艮晤無多子細雨朝朝不掩關只有花朝風日
好一羣吟屐有弓彎

二

塵事何曾到醉翁晚來去受芰荷風忽思今日匆匆

過愈讀商周文數通

三

薄卻春紅剪剪裳藕絲衫子禮空王那能榻個眞眞
去拈瓣多羅沉水香

四

奈有湖山一日緣藕絲風裏歇紅船幾時收拾情緣
盡坐得松龕二十年

王玄趾讀書曹山卻寄

春光佷藉到三分少我登山健骨羣何苦雲蘿高僩
子攢眉穿衷搆奇文

·其二倪
只辟瓜田李下猜席門
溉掩不曾開君今出酒
呼小友畧得詩文便寄
来
·其三
門前日滿酒三杯草蒼
崖画不来若得今秋能
工策冷金付與阿瓔催
·其四
姿態已逐柳條新寄
與凝粧樓上人若茶便聞
瓔飲事只圖相見不圖
嗔
·其五
交道紛紛容易薄半緣

倪鴻寶太史以五絶句贈别内有嘲予隱事者

至河西務關上復寄五絶句

兩袖清風歸去時家人應有餔糜詞不知飲盡紅樓
酒又得先生送别詩 其二

宿遷别陸九萬

龍華會上路茫然誤結浮生華酒緣别去雖聽座上
語夕陽西下聽啼鵑

春風如秋聲寄陶文孫

花信風吹落葉聲客中春思變秋情歸期已聽懨懨
病轉眼江皐木葉鳴

家事辛功名請看夻馬
象飛鳥不待君來一送
行
、失題
清明隨處荅下酒山北掃
墓山南田五日六旨不得罷
棠梨切勿忙時開
、失題
花信一春雖未半成林成
陌看來燕且停長命十
千酒留看荷花七十湖

來商老至書示 商一作周

病中蠨子掛雙腮果得將軍匹馬來翻憶未來垂死
日不知含笑又含哀

懷兄

落日寒陰敗籜鳴踈寮病客最心驚思君十二年前
事夜雨脩篁長枕情

為劉子脩作

日向東風浩歎多蕭郎舊事巳蹉跎綠窗紅雨迷黃
鳥碧草黃昏銷翠蛾

京邸除夕書示三老叔

黃雞碧酒擁寒爐湖海相逢度歲除但願明年吉祥
事各人多讀數行書

問天 用正韻

李賀能詩玉樓去曼卿善飲主芙蓉病夫一二事非長
技乞與人間作畫工

題畫扇

去年不見故林秋烏桕丹楓繫客愁試寫秋容脩舊
好不知春色已盈眸

送公雨宗兄之平谷

雪飛風勁唱驪駒倍使臨岐歎索居不爲弟兄傷雁

斷可憐遊子送征車

醉臥

小遊仙唱洗雲谿有酒如澠飲不辭醉倚闌干酣睡
去却如明月夜歸時

柳下

長安怕見柳條新拂面籠巾想殺人舊日珊瑚鞭墮
處豈知今日受風塵

潘以魯以東西南北不相從句命余和韻

蜀道秦川難得同今宵紅袖唱春風各懷海內存知
已南北東西處處從

題子新弟扇上石

冬夜雪窗同剪燭春天花檻共卿杯三千里外爲兄弟俱是三生石上來

留別

接得家書出帝畿難將別意與君知長亭若唱陽關曲能使歸心不自持

二

眼波如水鎖歸舟眉黛如山遮馬頭莫把負心期陌路且將幽恨望牽牛

三

一作桃源見雲憶內

不知何日是歸年博盡花魁嬾子憐今日別人悽惋
處偏逢送酒艷陽天

題畫別九一叔

津頭芳草放烏騾畫幅斜陽霜葉柯不道相思無寄
處知人情緒此間多

藍太常席上賦

醉臥天涯酒百杯更添翠袖一雙催客中但得如今
日不枉秋風瘦馬來

桃源見露憶內

清霜晶晶結寒烟客淚瑩瑩浸大川故園亦有啼霜

淚滴在三株衰柳邊

二

霜林手攬客衣單回首鄉關玉露溥今宵飛上鴛鴦瓦能使鴛鴦被亦寒

內子囑以舊服殮及殮簡衣涕而作

翠袖紅綃滿篋藏縷縷摺疊怨俱長當時粧束爲儂歸今日披將歸北邙

懷亡室

誰求瞻海濳英石琢箇春容續斷絃明知方士今難得知此癡情已六年

一作漫興

其二

衰蘭摧蕙護昭陵一望驪車便遠行遥憶忌辰誰上
食蒼頭小婢奠葵羹

勉魏大行可

白面郎神新秀才便當結想鳳凰臺從今高築書城
坐深鎖雙扉莫浪開

漫興 疑差題

屈指半月橘柚黃金風吹葉葉吹凉索君新句聽不
厭斟滿一杯竹葉香

癸亥長安

風一作香

千里春風醉客心紅樓宵宵復相尋阿瓊只解留人住兩向燈前撥素琴

代壽大母夫人八十詩

金桃玉李繡千林寶瑟雲璈酒百巡小子他時八十歲還將壽酒獻夫人

寄周元亮

一日不見三寄書那能一別一年餘梅花兩度不易得錢塘月色今何如

春咏

秋冬之際吾多病雪屋松窗對佛燈今日勞勞鶯燕

日百花深處臥詩僧

偶書

牛頭山上息微勞領得先生白苧袍鐘鼓寂然烟月白燒殘紅燭聽松濤

風蕉

茅屋週遭都樹蕉呼風呼雨帶松濤最憐當午根頭坐白葛依稀宮錦袍

旅懷

薄暮捲簾看宿鷺夜深把酒聽秋風家書杳杳雲山外旅夢悠悠水國中

偶書所見

粱王城下客徘徊趙女雙馱細馬來秦珠垂珥齊齊整蜀錦宮鞵窄窄催

邵伯湖中口占

白蘋紅蓼數鷗眠碧浪黃蘆兩小船此景若非離故土好將書酒卜長年

贈李將軍

客中多飲將軍酒欲唱新詞來贈君一代風流難詠盡只吟雋逸鮑叅軍

又

、南旺寄内其一
碧雲天際逢歸客黃
草源頭寄此書遥憶
錢唐秋樹裏有人反
覆看與居
、其二
峄縣欲過夜有霜可
憐同泊借衣裳一千餘
里天津到十月時光遲
欲颺
、其五
湧金門外菊花黃玉燕

將軍稱我爲逖秦艷曲春辭果嶄新誰求玉帶袍邊
墨賦箇桃源憶故人

南旺寄内

詩從仗友途中得寄到楚關淚盡頭深坐霜風如一
詠化爲明月照高樓 其三中字一本作窮字

二

寄來錦字叮嚀囑酒釅花濃歸莫遲阿儂自結神仙
眷曾向平康醉阿誰 其四

三

客中萬事皆傷感每到雨中最斷腸只恐歸來暮春春

釵頭簇挽香高髻芙
蓉多費力自將鏡子
照新妝

月梨花夜雨暗錢塘

四

饑來驅我上京華莫道狂夫不憶家曾記舊年幽事否酒香梅小話窗紗 其七

五

莫把歸期盼斷腸且將歸日細思量柳邊馬嚼金環響紛撲簾撻出曲房 其八

壽五叔

高臥千竿脩竹中松風入樹響高空不須海上神仙訣能使先生老復童

其二
月從風處波紋下人在月中栖故城清景自來贈客況如何今日猷無情

故城月下 其一

水長天遠月三更小立蓬窗望故城輕縠露寒猶未臥不知相對有何情

別子新弟

新柳陰陰新燕飛對君重掛舊征衣眼看處處皆新好何似征夫依舊歸

寄別倪鴻寶太史

曉月稜稜照別離相從却在別離時不須長夜燒燈語如此離情各自知

別諸尹鵠

一作楊樹下得烟字

荷一作肯

長安對飲度三春忘却天涯淪落人明日東門眞秣馬黯然客况一時新

楊樹下得烟字

夕陽山倚夕陽天楊柳堤籠楊柳烟何似行吟知倦返不如湖上每留連

梁湖

五樹垂楊幾縷烟踏莎行草望江天眼前曲折千餘里醉夢昏昏過一年

夜泊南莊

一江明月一孤舟百日時光千里流南莊已過鄉夢

近却如泊在浣溪頭

寄來髯

拄杖到時俱是酒芒鞋踏處盡成詩詩成雖有驚人句不與君商輙自疑

二

蕭山想絕舊親情還想湘湖雉尾蓴明歲有期今歲往老遲五十二年人

贈松仙

若耶溪上花飛時得與松仙唱竹枝一闋兩闋人不醉作詩贈之得好詩

雲門書壁

昨日隣家今日親皮囊何事累親隣越人不及陳和
尚自把頭顱遞與人

寫佛

金樹銀花次第排金臺排過又銀臺有塵不得金銀
入或著金銀世界來

聞鶯作

後園大樹五六層搖落黃鸝三四聲可惜凡鳥亂鳴
起尚有幾聲聽未明

夜雨

小樓夜雨讀書聲志在新朝得令名可歎故朝何事
悞小樓夜雨衆書生

二

莫笑前朝諸老成盍泉未飲肆譏評當年幸落孫山
外今夜無慚聽雨聲

老僧

老學歸根於老農老農筋力不堪傭尋思只作老僧
罷作務厨頭或可容

鷲峰寺卽事

鷲峰寺裏稻花香戰鼓鼕鼕聞道塲半屬軍糧半屬

荳山僧未必得親嘗

夢見先帝泣賦

衣鉢多時寄病身也宜忘却是孤臣禪心夢裏身難管白玉墀頭拜聖人

二

老僧幸得覲先皇八彩重瞳永不忘夢裏天顔猶只尺餘年猶敢離禪牀

三

半夜鐘聲覺草堂老僧正夢見前皇嵩呼頓顙彌陀號淚滴袈裟荷葉裳

即事

懷句新題綠玉君荷風戰戰蘸溪雲何時得句荷花裏淺注螺杯唱阿文

二

將軍墓道柏森森數點寒鴉歸舊林墓木漸爲征伐盡舊林除是畫中尋

三

明朝四十八年人三月曾爲簪筆臣今日薙頭蒙笠子偷生不識作何因

書陳道卿頁子

桂華之後菊花天白鐵錢兒買客船三十六谿何處
好花光廟後石龍前

醒後

獨步長林看曉烟閒身雖已屬春天卻慚昨夜多杯
酒少看新唐書一篇

仝綺季

松風已聞三十載卻與姜九不曾聞買個筆牀隨汝
去三生石上臥秋雲

二

雷峰塔下畫船少雷峰塔上虎嘯多所幸老夫已衰

憊若猶未也奈如何

失書自慰

老夫性命幾櫥書兔角龜毛一卷無若究老夫真性命問渠那得此工夫

偶咏

不是金華殿裏臣又無名教責其身自慚無位兼無德不學名流說黨人

與友

吾想山阿在水灣蕭林又在水中間與卿打個漁舟盪再縛黃茅學坐關

二

卿作經師吾畫師吳山越水任風吹仙居樓閣如吾
構休覓山椒與水湄

三

少時最薄是人間老去求閑難入山若得閑居山水
處與卿日日畫荆關

四

春水春山且避兵爲人不厭莫如卿攜卿獨臥吳山
上只得南屏一日行

五

庚申丙子廿年間不住南山又北山今望兩山不得
住不曾勇猛辦清閒

六

懷趂桃花開未開喜君出扇索疎梅從今莫說前朝
事一句王冬酒一杯

戒酒

酒病雖侵人事離傷生相戒熟思之但看今日沙場
上豈是人人昏醉時

道遷去後五日

有書有酒看南山更有芙蓉港一灣同看紅花三日

去不教看盡白花還

春日

三春兩日一朝盡身住湖山未放船正在借閒將起坐數聲鐘磬到牀前

與友

君住長橋紅藕灣我眠鐵佛度松關相逢漫說興亡事且盡荆關秋後山

十月二十三日遣懷

兵戈之地兩年過蹔慶餘生金叵羅莫說蘇堤春曉處竹枝歌和柳枝歌

感時事有賦

賤士無名夢侍班入京幸喜識天顔而今要識天顔易夢境難尋天壽山

其二

我有栴檀林可廬又有紅雲島可漁世祿之家歸隱罷松風花雨願安居

與某僧

當今無處不天涯猶恨天涯無處家喜得北山僧帖子邀儂十日看梅花

湖上

厭聽樓船雜管絃耳根凊淨小西天朝朝暮暮閑亭子滿耳松風滿耳泉

題扇

白沙翠竹褭桃花合是愁吟野老家寫罷捲簾欣賞處萬條新柳半天霞

二

多時不到曲中飲艷曲於今絕不吟對酒但思當日事定逢好夢荅春心

三

醉後忽悲夕陽下却喜明晨可復來打點欲赴野老

酌又恐不到翻經臺

慳

行年五十始知慳柴米經營不得閒筋力也慳須用了少停筆硯聽綿蠻

寄藍田叔

小園近日可邀君手種梧桐已拂雲半畝清陰吾所欲一窗秋雨待君分

病咏

坐我書堂水幾灣三分水木七分山浣花溪上非吾分宜帶沉痾住此間

二

病夫省事偏多事檢點焚香勞病夫却喜文犀鈿合子牛頭龍腦一星無

三

却病看書好藥方雪梅幾朶坐書堂何方吟得詩魔去又見爐烽下夕陽

四

不圖君國不爲人安用生爲惜此身不若醉埋蘇小墓墓碑題曰酒徒陳

寄友

子愛才如我愛才廿年相約不曾來只今鐵騎如銀
壁未必能來來便回

自病中偶成

病中節飲殊非福形與神違夢輙驚想到故園零落
盡道心損了二三更

飲酒

兵革逢春老病身病身敢自外於春佳山佳水佳樓
閣酒政森嚴醉野人

自遣

種茶種竹護殘生選個峯頭未必平強醉故人桑落

酒眼看烽火照西京

示鹿頭

無處耕田且讀書師生父子杏花居先將貧士書深
讀父子恩深孰過予

自遣

春過明朝安在哉遲翁雖病擬分杯酒錢難借揄錢
用想個知心載酒來

借書

貧士傳從吳客借逸民史自越山來諷咏朝朝三五
頁神交日日四三回

金粟園

八百桑園蓮廿畝十株叢桂閣三重對山著述今無望聾皷統統三老公

即事

長老劚笋一千錢村姑買酒錢一千芒鞋竹杖頗可住戰馬多拴大樹邊

其二

自誇衰病即成翁眼未昏花耳未聾醉聽金衣公子語出些酒氣石林中

其三

山光溪光明且長山花溪花深且香忽然念及霜雪後水窮木落山蒼蒼

與叔廸

二十八年雙塔寺丁香花下示佳文殘生舊事猶能説兩個頭陀各認君

二

紞紞鼙鼓歲將除隨地能容老蠹魚山水詩文分類友自緣曾讀白公書

書寄朱士服

不耐閒看老子書幾番捲却幾番舒官齋借得茅房

否還有三升艮醞與

與友

夢回喜不又還家瓶裏新添芍藥花忽憶楊家天寶事隔簾紫玉教琵琶

二

枯柳衰楊寒日西千群武士馬驕嘶回頭只憶先生好月到柴荆話老妻

三

官在吳山可放閑藕花清夢幾回灣何時留犢齊雲去只看人家屋外山

偶感

三年一日慶餘生落落長松風日淸一曲十三弦韻絕畫眉却好兩三聲

二

宣廟觀梅賞雪辭教坊兒女遍傳之郎官撩我孤臣恨不讓撩人第一枝

三

合尊寄語林和靖分付梅花隨意開南內飛龍隨帝子三年也不見歸來

四

家有溪山小結茅半間佛藏半書巢陣雲隔斷三年後近日新聞汲虎跑

五

髡奴外史是家傳忠孝當身歸研田灑淚亂山殘雪夜薇書乙酉甲申年

六

竹山尋得少茶山尋得危峯少水環世界莫言無關陷此心完滿十分難

七

幾條病骨已勝秋數點寒山當小樓猶想西湖寒潦

看起來畫角斷橋頭

大士

晨夕盤桓綠玉君甚風老雨不相聞朝來所畫觀音
像添得溶溶一朵雲

東望寄八叔約復過永楓庵

何日溪行乞再携白羊幾隻草萋萋君思江北春天
否楊柳鵝黄戰馬嘶

偶感

孟堅寂寂掩柴門孟頫軒軒作狀元國破筆端傳恨
處水仙眞學趙王孫

二

故山喬木遭兵火惡竹沿溪盡不留老學東坡栽樹
法只栽苦竹滿溪頭

三

舊客石橋懷舊日黃蘆苦竹雨濛濛重看君詩傷往
事牀頭幸不種梧桐

東友

風定湘波金剪刀幾時重補舊青袍秀才詩句儂能
讀將近霜飛寒月高

二

半年眞個獨登臺恨汝來遲喜汝來昨暮老僧來約
道南山還有桂花開

三

諸公鄭重惜殘春洪醉渾身臥戰塵一日生存歡一
日如爲一日太平人

寄子安長時舟次淮上

新詩寄與王公子一路相思無奈何西子湖頭應計
日不知猶未渡黃河

寄朱集庵

晴雨相催桃蕋綻病夫開得酒看無邀知南鎮祠前

路定有遊人問病夫

春日病中寄友

每年只作遊春客今歲身爲載病人遊屐高懸調藥餌絳桃花下伴含嚬

二

既能爲我尋良藥亦應爲我減三杯不論病除先刻日觀音生日踏春來

壽王岐叔六十

先生解組巳稱翁杖履青峯綠野中壽酒淋漓花月夜老人星更有高風

無見樓即事

小樓新霽蕙初香蜂子來尋一歲糧幾次開窗都放入免他傷翅見君王

偶成

松竹閑雲自得師溪山涼月好爲之客來絶口談風教便問山翁翁不知

諸暨道中

竹籬茅舍也遭兵五十衰翁揮淚行我有竹籬茅舍在可能免得此傷情

别五溲茂真

難別眞公如送春眞公煮酒日相親江皐花草當寒
食吹笛三更想殺人

松濤館贈王路四弟

千尺凌虬挿石頭半天風雨撼高樓阿章好把吳綃
拂畫得寒圖飛碧流

寫與來季子鎭之

髯君幼子好丹青狗馬山川各有情若與老蓮同筆
墨寫生寫意更分明

題美人

曲沼芙蓉倚暖風靜思寫得女郎工麗人名筆皆難

得異錦奇香藏閣中

有贈翠卿

五溲山中風雨夜喜君匹馬渡深溪傳杯亂石危峯下寫得新詞悲欲啼

喜黃六至雪夜飲作

談文已定元宵後可喜能於臘底來蕭寺夜深聽雪積一尊新酒撥爐灰

雪夜與黃儀甫飲

春花秋水樓臺上幾載黃君與我同未得雪山深夜語今宵得語雪山中

懷兄

故國梅花應滿枝阿兄杖履亦多時年年醉我梅花下不寫梅花便賦詩

燈下醉書

幾朝醉夢不曾醒禁酒常尋山水盟茶熟松風花雨下石頭高枕是何情

醉中書懷

青山到處便成家不得出門每自嗟若得西湖橋畔住妻兒楊柳共桃花

竹枝辭

想殺湖頭大小蘇却連十五笑當壚單衫杏子如今日擲得纏頭一尺無

與以寧兒飲醉中促筆書贈

月兒推起凉風外着我呼君長短歌賒却望時如水色竹邊諒是酒邊多

題陶水師硯

勒鼎銘鐘不問天漚麻種果事皆便餘閒多在南山下割耴春雲耕硯田

聞米價書示個人鹿頭羔羊

米錢雖貴不須虞囊裏爾看一個無秋月不容塵思

對此心猶要似氷壺

示鹿頭羔羊虎賁

小兒猶着木棉衣夏盡還無一弊幃家訓師資雖不足飽些霜雪豈云非

又

自笑貧兒妄想奢不圖佛國與仙家只圖種子無饑死趁個漁船主蓼花

壽商絅思

蒸餅雲根作醉人挑刀走戟廢生辰兩人只聽因緣去莫想桃源去避秦

慰失書

領袖儒林不可期爻書徒守亦難之此身已悟非吾有安用芸香臥架爲

在坂

人人閒説閒時好及到閒時不肯閒邀得能閒好朋友一壺清酒看青山

感時

年來轉眼流光换吹動春風午日長遊人踏破穿陰柳偸得忙時幾度閒

二

不道山居便得生山居今日也心驚烟霞洞口逢樵子手採松花談甲兵

三

昨日流鶯今日蟬起來又是夕陽天六龍飛轡長相窘更忍乘飛自着鞭

壽友

蓬萊弱水三千里王母蟠桃一萬年鳳鳥自歌鸞自舞直教卿到壽尊前

曉發吳江

燭換酒寒無好懷呼童畧把相思語兩水嘈嘈雞未

啼打鼓發船烟裏去

二

今日誰能作遠遊離情少慰是揚州花醲酒釅忘歸

日顧憶雙親又白頭

自遣

看書過了始看山山看稜時書復看兩事可能無一

否可憐都在小窗間

二

女即嘆盡桃花落力疾池頭急採之莫嘆紅梅強半

落綠梅強半未開枝

三

大夫戒我吟詩苦誰諭花枝與鳥聲藥後和兒花鳥句春波小月見吟情

四

夢去藥師庵裏飯青曹宗主乞新詩書完可惜分將手亂拗山礬數十枝

東友

刀劍鋒頭老友還商量同入古松關勸君莫戀卑官好好戀茶山與竹山

二

空口憂時甚不難對君不忍問長安一雙不借靈峯
去消受猿啼松月寒

題畫

得令之花爲水仙色香用盡可人憐范雎蔡澤相交
代蘭草山礬不計年

自感

病中受用春光好一日眞如兩日長自喜病來皆福
至一房藥氣半蘭香

柬愚庵

雲門月與楓溪月寺主心同溪友心應怪只貪湖上

其三
霜葉離離磧雪天
遠山走馬辭雲過
舟師送我萬花被
沙灶烘烘句在低

月頓忘老學臥雲林

思酒

諸君餉酒餅都罄恥使人知巧乞憐人喜畫山來換酒鵝溪絹貴更無錢

戊辰冬看山歸舟飲於村居　題款八首

冷落蕭條塞上關征夫更苦賀蘭山平生有志封侯事鐵騎勞勞肯不閒

二

辛勞幸不涉江關小小舟行快看山莫道催詩酒太急筆尖忙處極爲閒

有贈

瓊樹三株望不遙妬花風雨阻星軺當時不過籠雲棧定學春臺碧玉簫

夜雨聞杜鵑

帶雨拖風望帝鳴無情强作有情聽一生遍是今宵夢不見章臺柳色青

題亢兄携美人索句小像

六朝涙子最多情築起胭脂十二城和月飛來雙紫鳳求凰莫皷斷腸聲

謝張大寄紫白丁香花

亂繫丁香寄晼春紫嚬白笑惜流人應從花影尋佳夢浚見湘君登白蘋

長公遺火酒荅之

蓮子花殘秋思生碧梧逕裏聽蛩聲長公携酒榷新句神思飛揚詩思清

寫瓶花與兄

春流隨處碧桃開杖倚光風酒百杯畫贈長公清夢覺吹簫孃子忽飛來

醉中贈內

桃花落過費春思尊酒題詩半夜時最喜香庵煮新

笋呼儂多進兩三巵

除夕

金馬門前第一人東坡曾說夢中身明朝逐夢尋身
去待詔依稀月一輪

夢故妓董香綃

長安夢見董香綃依舊桃花馬上嬌醉後彩雲千萬
里應隨月到定香橋

雨夜懷亡室

嗟儂自處曲房中忍爾魂棲小苑東今夜可憐倍時
夜三更驟雨四更風

寄亦公阿琳柔老

媿我有何名教責便爲清議亦堪譏不知花報生身受多少寃親說是非

二

薄福常存積福想日將美酒灌皮囊如何消得吾能事薰沐書經三兩行

十二日坐月

待月斜陽每數杯月來巳醉倩人㪊今宵喜病新禁酒飽看緗梅月上枝

二

月照老人花底來也無歌扇也無杯衲衣藥碗滚更坐坐得今生有幾同

與蕎仙康臣

葉生帶索白單袷沈子秋紅小樣襦連手城南聽社皷花氣一身撲病夫

竹枝辭

隔户楊柳弱嫋嫋却似十五女郎腰昨夜春風欺不在朝來挽折最長條

寄叔廸

藉户湖山寫我憂實因賣筆久淹畱寄言叔廸今何

似積得僊粧新句不

壽邑宰朱君 上元人

野人學得畵山梅壽我朱侯當酒杯不索朱侯酧壽
酒一錢都是上元來

送李生之諸暨爲使君客

使君明敏大慈悲諸暨燒焚殺戮時一隙可行菩薩
道先生力勸使君爲

今夕

男頭懸馬婦乘船業在刀環天可憐莫若眼光齊落
地不知今夕是何年

二

今夕霜清月冷時醉翁只管自吟詩何勞問起城南戰一段詩情作酒悲

題畫

亭盡山居盡日閑入城難傍碧波灣尋思終是山居好月夜柴門不用關

二

不能復入此濙山畫幅濙山屋數間夢想開看還自悔閑人在世頗緣慳

寄陶去病

邇來漸減老夫愁雖別山阿竹裏樓辨得家中三日
米定爲郊外一同遊

偶題五首

紅蓼丹楓擁白頭老人亡國易知秋只憑隣舍三家
酒夢上南湖百尺樓

少時讀史感孤臣不謂今朝及老身想到蒙羞忍死
處後人眞不若前人

始覺人無忠義志不須去讀古人書山河舉目非無
感詩酒當前又自如

故山已築髑髏城夢去猶然打馬行行到楓橋楊墅

裹白頭兄弟笑來迎
人言足病宜禁酒禁酒逼身病亦多最是國亡家破
恨青天白日上心窩

亦公書相促十三叔託張內生寄語
年老將歸守墓田向人借屋兩三椽弟兄尺牘淺長
討長老傳言絕可憐

二
比年邋遢已頹齡打算生平堪涕零小小結緣三寶
處雪山蕭寺且書經

吉延生徐士華商綱思王素中諸兄合錢買紙

助予

無錢買紙有人施開口難言人自知金粟如山堆滿
案只愁酒琖失良時

二

寫經寫就是何時耳畔征鞞應不遲卻喜壺翁招寫
佛靜林香水可完之

三

城東收稻且收菱兵馬蕭蕭年卻登天敎老夫窮不
死或緣可繼祖師鐙

贈桑公 三首

孝友難於貧病中桑公筆舌路俱窮可師更有糟糠婦兩侄分甘與子同

欲爲子弟作良模便寫桑公撫侄圖如此看來無甚事幾人如此一人無

貧病如卿正復佳卿能得我且寬懷畫將一幅如虬樹換得三朝似桂柴

寄蕙翁桑公

酒徒病矣我何情强作高懷漫自傾恐酒不酣眠不熟妄爲身世想經營

東登子

不過張生丘壑久胸中丘壑竟無多老蓮半百期將至柴米之餘便一過

二

萬蹄鐵騎動黃塵隨處烟霞老比隣但得鵝兒新熟酒不知斯世有强秦

三

留得尚書舊簡編朝曦夕照讀頹然有時得意嘗沽酒燕麥花香一榻眠

斷橋贈王祉叔

蓮葉田田浴小凫兩人想得住西湖爲文立志追先

雅作書耑心搨古圖

畫桃花寄壽范三

山館重翻兩漢文客來書畫不相聞談君高士當初度故作桃花來壽君

舟次德舟寄荅潛十三通判

此去神京八百里明朝千里路漫漫須知尺素當疎渦亡把來書反覆看

卧病五洩荅寄王子安

萬山風雨卧支牀接得君書神氣揚只道過余期日到折看知欲赴遼陽

寄懷陶文孫

五年懷我病文孫藥臼藤牀晝掩門花酒塵緣今盡否莫將虛想使人昏

二橋

蓬底忽聞天霽矣看山知有好情思猶疑半爲烟雲沒却好烟雲淨盡時

題畫梨

舊趁清溪竹萬枝竹根斷處種紅梨作花作實多年矣却好看時兵亂時

中秋

半世湖山月裏生中秋一夜倍傷情可憐五載於兹
矣怕見中秋分外明

自遣

不負青天睡這場松花落盡當黄粱夢中有客剸腸
笑笑我腸中只酒香

二

楊雲奇字虎頭書前輩風流總未如才德復從官裏
見斐然全璧照公車

賀性之大弟五十壽

我已昏昏過五十爲君五十賦新詩耳邊戰鼓休悲

嘆且說鳩車竹馬時

貽友

分俸買梅三百樹畫梅相荅兩欣然贈人人愛都如此難道人間造業錢

得米

可嘆當年薄畫師山田賣盡是癡兒若無幾筆龍蛇筆那得長倉雪夜炊

偶咏

少年不學老來愚妄想經綸一字無猶幸少年能弄酒老年弄酒唱吳歈

九月九日十日雨

重陽不得登高去風雨滿湖船不開欲續茱萸把酒會今朝雨復冷樓臺

與客燈下話别

朝來風雨惱梅溪不識摧殘剩幾枝贈爾白騾明日去香風相送踏香泥

高郎橋

客中病懷今一開二月十九花事催大士廟中飲茶去高郎橋上折花回

辛未夏宗甫叔見遺葡萄札云野老櫻桃名與

詩不朽僕願效之戲答二首

何事依吾身後名吾非子美負君情卻吾名賴君成否乞借藏書讀半生

偶然一事便成名野老當年無此情不過隣居杜老宅櫻桃相餽見平生

憶朱三

殘冬畵佛坐松龕忽憶黃郎共一酣剪燭談千萬語語中一半憶朱三

壬辰人日過曲池叔翔屬書壁

城中無處無山水兼有修篁與老梅無始因緣會結

得曲池七日第三回

閒行

不耐婆娑世界人耐人吳越兩三春吳山留得三年返舊日山川今日新

畫竹寄王守璵

沈郎爲我數風流江左王郎百尺樓脩竹幾竿煩寄與秋天必到鑑湖頭

南屏醉書勸呂吉士飲

呂生詩文天下少莛子讀之不敢言醉寫落花眠片石長歌一聲爛水昏

雪夜與王六飲寄朱三

千里東行欲上舟幸而初到話高樓阜亭緊馬閑絃索不識還能相憶否

二

七年不到淡成居居士於今病已除聞說飲能傾數斗滿亭春草著奇書

讀書靈鷲

蒲柳蕭疎滿郡城夜添山雨作江聲秋風南陌無車馬獨上高樓故國情

寄來季

新夏萬山新雨晴鳥衣巷口少人行不爲訪吾宜出
戶當此景光難寡情

醉中書與叔廸

趂此兵戈冗冗時苦心學道聽安危蟹肥稻熟秋堂
上訓詁兒曹進一卮

二

老年朋友遠相過買得村醪幾巨羅無可贈行憑畫
筆潯陽江上幾峯螺

山居二首

虎嘯前村又後村村老翁負石抵柴門雨村長老呼余

苔手拍疎桐月不昏

老子憂來何所之肥紅梅子怯風吹摘將數顆吞清
酒醉弄嬌兒讀杜詩

除夕懷北生未歸

流離送別病秋原扶病孤舟下石門風雪江關舟定
返老翁小弟泣江村

愧送豹尾師子羔年虎賁避亂

風摧木葉叫鵂鶹萬曆年間老楚囚國破猶存妻子
念曉風殘月送孤舟

寄趙璧雲

同學弟兄五十外戰塲四載幸相存太平何日餘年歲織履同衾不二門

友人勸予南京科舉時甲申菊月

二王莫勸我爲官我若爲官官必瘝幾點落梅浮綠酒一雙醉眼看青山

二

腐儒無可報君侊藥草簪巾醉暮秋此巳生而不若死尚思帝里看花遊

三

借得青藤掛席門父書一束暴朝曦二王若說爲官

事捉鼻休辭老瓦盆

過惠山弔顧叔平

惠山月午夜情生酒滴秋江弔叔平記得孤山殘雪話收書期過石頭城

病中寄家信

門外車音雜馬嘶床頭送客數行啼只書病症三分去也把平安二字題

飲張爾唯寓中

病中着意斷鄉思留得形骸到此時更喜精神還未散猶能強飲復敲詩

懷王子璵

吾聞子璵人冷善及讀其文骨欲仙好慰遐思良不遠一溪梅雨放艤船

懷沈素先

沈郎腰似隋堤柳載得春愁此獨多野棠開盡春工歌倒掛黃鸝喚睡魔

入天竺有感

攜得清狂此地來滿山秋氣桂花開今朝沉醉三天竺前世曾登七寶臺

牀上四首

雪窗夜飲到三更寫得新詩雞亦鳴纔上胡牀眠未熟佛堂幾棒木魚聲

讀書年老無多日又對春花作病人再世若逢書積處何勞復戀老年身

思量不用詩排遣排遣窮時再咏詩老嫗諫時神亦倦八哥爭碎絳桃枝

有益於人病不除雖多思夢喜山居芭蕉新種疎疎雨課得諸兒兩日書

送來商老之粵西隨馬湖先生分守賓州

窮經讀史一無成只好溪山自放情美子書生能遠

大帳中父子笑談兵

漁浦

江山濟曉叫黃鸝風正帆輕懶上堤却喜山靈償好夢夢從湖北到湖西

有感

獨斟村酒兩三瓢忽聽冰筋落數條幾夜風寒纔滿尺半軒朝日便能消

長江答寄聞子將先生

寄得高文大辯才一篇必讀兩三迴春江艇子桃花峙不放餘閒去看來

有贈

湖山冷靜雪飛初尋得西陵金素珠潑坐焚香無一
語對他極耐了殘書

永楓庵臥雪有感

深岩積雪凍烏鳴多少貧家嘆折鐺難作望烟樓上
看小龕高臥感生平

武城曉發

莎雞泣月征夫淚瘦馬嘶風宿霧中志在看花遊帝
里如何乞食下山東

雪夜

病骨支離三月賒歸期已負覓梅花滿庭積雪春寒夜手拍牀頭感歲華

送樓浴玄南歸

喜君先我歸家去爲我親朋俱說知愁病半除歸念急廻舟只在暮春時

九日不見菊花

貧兒劣得買秋光一片豬肝酌草堂着意欲忘離亂事重陽不見報重陽

寄璧生素先予安時同居龍山

年來相顧各飄零負却南山相證明今日又無陳二

在稽山夜雨感生平

壽某

不識何時復太平老年兄弟倍多情索儂畫幅神仙
菜當個鵶頭吹玉笙

冷泉亭作

半間小閣五株松留我翻經對萬峰毎坐冷泉亭上
話話君明日定相從

獨步

外六橋頭楊柳盡裏六橋頭樹亦稀眞實湖山今始
見老夫行過更依依

湖上

金沙灘上懷白老高麗寺前思蘇公不得共談二子事相與同歓九里松

送春 并序

庚寅四月三日林仲老書邀老遲云明日邀次升元方老蓮弟爾暨郎君儒行過我眉舞軒已約尹文老蕭數青爲酒錄事有顧烟筠箋絃索汪抑仙胡琴簫鼓秦公卓笙管王蘇州璈老文唱流水以送春歸時節因緣都不恡悼必戴星褰裳偕父屐將及乎寢門之外矣郎以書示爾暨六郎云如此

高會若不多讀兩句書寫得數個字而赳之不唯有愧殘春兼之慚負賢主我亦作大士一軀詠貧士傳數則而去乃示此詩

送春邀我兩紅裙急管繁絃爭暮雲書畫課程當蚤盡老夫聊此致慇懃

五叔招賞海棠即席索詩

花事於今大半過海棠開得甚婆娑主人出酒君當醉況復秋來風雨多

病中示漢翔虞美

五月輕寒太不時清涼山下病夫宜蓮翁宜計諸人

病寧使蓮翁小不支

二

夜飲朝眠度老年不爲商賈不耕田終逢禍至災生

日晝幅觀音祈佛天

澄懷草堂寄人

此行人道爲秋來醉臥南屏紅葉堆可笑癡情幾日

也泥君一笑兩三回

題盛伯含冊頁

雞肋猶來棄去難兩湖簫鼓强爲歡得君幾幅荆關

筆種樹溪山心也安

寄藍田叔

聞君奇疾近來平好友慚無餽藥情此後當來脩舊
好肎將薄道負平生

又

問病靈峯學道宜也須蓮老一商之可憐染着聲歌
業醉後纏頭寫柳枝

寄沈澤民

半生不爲一生忙覆椀傾杯卧箇床垂老尚無商畧
處夜來唱曲與王郎

醉書留别何士儀

黃葉林臯已送秋秋風散葉付江頭酒闌好友難留住有個因緣不肯留

題治徵叔小像

鐵篴梅花臥壘庄玉船載酒老僧嘗置亍丘壑爲亍寫怕說邊烽照建章

與僧

慧業今生入道場草堂靈上有商量鉢緣未至君休嘆淺省如拈一炷香

即事

一百五日春郊行三十六溪春水生千秋館裏逢雨

熨斗向一作日墜楓林
与橘林

急射的峯前看晚晴

寄何實甫

畧紅樹葉淡黄暉閲陣哀鴻錯落飛一片秋聲秋色
裏壽籐拖個老僧歸

二

每到竹籬茅舍飲熨斗村西一帶林急憶匆匆成老
大酒瓢在手更何心

有感

好趂天晴去看梅春霜露白雨將來杖頭不用懸錢
去社散山房有舊醅

聞趙大兄捷

趙大能文遇最遲從今已往輔明時深山忽得君消息連進松花酒數巵

戲贈友并呈余大監宗

半升麥飯午間無笑殺長鬚赤脚奴但得將軍會覓與君如無米便相呼

贈張美仲

藏經高閣倚清凉我亦臨溪結佛堂兩個髮僧貪米汁戒刀夢斬左賢王

與克之兄遊爐峯

原無猛志着蒲衣又逐人間是與非且喜今年成一事南山揚得數峯歸

五日觀妓

佳人索我賞花詩偏我吟詩醉酒時放宕不拘吟數絶座中笑得傍花枝

偶成

茭草青青水滿湖湖邊鵝鴨自相呼日長睡起捲簾坐閒聽漁舟與賣鱸

二

懶聽門前長者車有田堪種水堪漁是非不入松風

耳花落花開只讀書

可笑

乞兒向火雪樓中笑煞清溪白石翁掃盡雖同　有
别綉簾泥土落花風

二

可笑題名在酒樓討榕論桂白蘋洲鑑湖祭　拏雙
槳黃巳廵方到白頭

三

可笑精神耗畫圖又羞一樣畫葫蘆臨摹前輩思爭
座新意恭之一筆無

四

可笑狂徒與利徒紛紜堂上説空無不如將捧投諸
火温酒燒豬餉老夫

五

可笑北窗五六月新嘗麥餅荇酥時家傳一部華胥
譜醉倚遊仙是正之

六

可笑衰年始用心有時用淺有時深若非兒女三餐
飯書蠹功夫在茂林

掃除青藤書屋有感

野鼠枯藤盡掃除借人几案借人書五行未下潸然
淚三祖園陵說廢墟

書青藤書屋

桄榔庵與浣花溪野老龜魚留品題何似青藤書屋
側不聞鐵騎夕陽斷

二

青藤書屋少株梅倍憶家山是處開若得兵銷農器
日荷鋤移彼數株栽

偶咏

不識如何笑作愁東阡西陌且閒遊兒童共道先生

醉亂折黃花揷滿頭

題貞姒傳

十五嚴霜烏夜啼此身原已客天西連環偶醉千山雪淚浥蓮房一束溪

柳花

春光不負唯楊柳抽葉飛花老子嗟老子一春何所事只將書畫換紅牙

病中

菊花似慦病中開細領馨香賴小災丸藥方書皆樂地多他琺瑟輭金盃

謝送芭蕉

秋雨秋風最可娛深林叢竹與高梧成林成拱如何
辨謝子甘蕉分一株

垂楊高柳十餘柯烏桕香樟亦頗多暫繫歸舟沽菊
酒蘇州曲子教兒歌

感

山川驅使舊生涯今作江頭老嘆嗟莫道迷魂招不
得茱萸灣底柳條家

辰刻

交藤下粥輭而香山海圖經點幾張得意之秋重得
意黃鸝睍睆樹中央

焚卻青門使者車白蓮社裏縛茆廬晨昏獨禮俱胝
像禮畢呼兒讀父書

幸不生爲憂世人幸而忘世又家貧黃花醉後松根
臥霜葉霜華堆滿身

舊時遊客舊亭臺便是桃花殘也來最愛主人惜光

景歸鴉陣裏喚幾盃

[redacted]

怕風不上柳橋行華落將書一定情數日有書都嬾
看幾時新柳一聲鶯

[redacted]

紅樹不曾看一日立冬轉眼又三朝廿年白石清泉
友不坐長橋便短橋

[redacted]

一生有何得意處名字湖山之內閩錦帶橋邊照白
髮定香橋畔憶紅裙

垂楊風中弄酒身幽篁月下聽鐘人料君日日能思
我知我朝朝數出神

金銀闕下老髯頭鵲枝採得笑偎遊老蓮不解神仙
訣只可隨君過酒樓

清明

欲補清明去踏青未知晴雨就牀聽不聞滴瀝空庭
響聽得空中鴿試翎

老來春曉愛朝眠夢想箏琶盪碧川可慶浪遊先兆
准有人催下鏡湖船

書屏

天不飢人筆可揮每因癡懶有時飢質衣留客爲人
笑染酒塗香醮墨衣

二

夢放烏驢瑞草橋護蘭蒔菊課雙髫醒來記得無和
尚許我松陵金鳳苗

三

著衣喫飯盡囉麼只得春行鄭重多聍取西施山上

月無詩蚤起補排歌

四

眼底何方離梅雪鼻尖無處避春光春光惱我無由報只點搜神記數張

送孟方伯

贈別雖然惟筆墨寫君宦況豈云非攜將兩袖清風外看得孤山棵樹歸

爲丁秋平壽書此約同過山陰

西溪溜下萬餘樹和靖磯頭數十株征戰七年留不得要看香雪過吾廬

與王素中

金家廟接相公祠煙栁清波絕可兒果帶楞嚴來就

我衲衣換酒與君支

與登子

幾年不見張公子每憶玄都觀裏人常夢雲間同作

客數回吹篴喚真真

書與開祖

九茹有道更風流不是長安舊酒儔讀罷始來相問

難老榆樹底勸三甌

顧叔平命倉頭以胡琴勸酒翠羽叫欄外索題

彈起金剛瘦上絲傾杯覆椀浴華池翠羽兩三飛上樹啼時却好酒闌時

答王予安

寄我文園墨二九索將松石菊梅蘭還尋丈二吳姬絹載寫落花流滿灘

讀書高樓

溪頭無處乞禪關借得高樓好看山一日看山三五次讀書課限不教閒

寄來龍輔

西溪谿山古剎多欲與僧髯雪裡過僧髯𩯭發梅花

曲梅花和上我如何

其二

龍老攜琴入此溪竹扉日掩話荆妻明年蓮子來相問餉我梅花多處栖

寄黃四林一娘

金樽酌我黃公子玉管催詩林一娘遥憶兩人秋思好月明雙槳住橫塘

送三叔公會試

楓林將換梅花節旗亭酒滴沙棠楫明年講散草花磚歸來袍映新楓葉

即事

沉沉梅雨昏昏睡嫩嫩香醪個個酣醉後夢餘閒不過腐儒譚過老僧談

詠陳瓊海棠

阿儂自負王曇首細按紅牙紫鳳鳴學得內家新曲子海棠花下問陳瓊

其二

千秋畫苑寫崔鶯費盡春工總不成儂若畫時呼欲下海棠花下榻陳瓊

一作重飲郝元家

贈郝元

病起重登歌舞筵，傳盃度曲郝家元。美人遞酒尋常事，若個眞成歡喜冤。

其二

除却巫山个字雲，多些冷艷樸清尊。歸時只坐梨花下，月曉風清占郝元。

待郝二不至

齊列蘭膏獅子臺，雙行琥珀鳳雛杯。滿堂公子俱無飲，只待都知郝二來。

贈李玉

爲儂多爇返生香，李玉琵琶易斷腸。不道玉環餘韻

絕續得燕姬李玉娘

贈梁玉清

玉樓整整招才子銀海盈盈度種情阿儂薄倖無風雅羞見重來梁玉清

除夕

廿五年來名不成題詩除夕莫傷情世間多少眞男子白髮俱從此夜生

有感

志大才疎年又長況躭詩酒世衰時天生七尺當何事甘臥南山醉賦詩

宥堂山歌

宥堂山高高不止更有高者相週遭松聲呼風風撼
山吾欲飛去天不高

二

吾聞山水幽而險老鶴哺兒猿引猻猿鶴不見何以
亂當是種松未甚高

綠鴨港

人浮窈窕桃花水歌放週遭楊柳風長年莫漫催歸
棹遲看磯頭漁火紅

題畫

新成艸閣得漁舟眼底芙蓉幾日秋問我釣絲何不燥只爲高陽有酒儔

寄來亢生

除卻箋經一事無午飡酌酒酒須沽酒錢不受劉郎餽取給沙頭幾木奴

贈陶水師

我坐南山五月歸歸來風雨叩君扉曹山新竹題新句溪戶河豚散子肥

寄梅與風季

乙丑花時君過我坐君花下和君詩此綃寫贈君知

否開看應思過過我時

道人來

暮雨迷離老桂花古香絪縕破牕紗道人知我心神靜聞道楞迦問法華

過來至一飲盡醉漢贈之書其上

數年不與先生飲風雪高樓酒一巵記得舊時松酒熟江邊得句唱歸時

壽何太母

吾壽夫人酒一巵黃鬚代鼓促新詩遙思五十年前事夜雨空房五歲兒

清明又真

來禽神韻畫難真筆墨中間易失神今日折來看仔細似君含笑復含顰

任楓涇口號之二

其一

寄孟十四兼問趙五

來翁爲道君無病作意蹈春酒店多嘗得趙郎爲伴否趙郎近況復何如

寄來仲甫

想君繫艇水雲時秔稻油油立鷺絲倒盡葫盧閒睡起笑呼碧玉教圍棋

清明　用王荊公韻

今年清明不較遲却好桃李花垂垂山雨忽來急歸去便忘拗歸花數枝

其二　楓涇口號

舊年釀酒不爲少來
及三月薄已盡一年爲
寫排竹一年種梅無箇
其三
溪居悟道我無師只合
閒栽學杜詩量又不勝
詩又拙朝眠夜飲落卷
皆

不是好花容易落只因看花去較遲若能日日花下
醉看了一枝又一枝

其三

忽忽三旬百事遲強歡禁得鬢絲垂淸明踏入花溪
去拈得詩題楊柳枝

畫梅與來廿八

高梧老桂暗天街海水分茶有好懷畫得梅花堪贈
子雪飛月冷坐空齋

畫扇與魯伯芬

白鷗綠渚可人憐揀個淸秋刺釣船不慣見人飛遠

避波聲隱隱沒寒烟

寄來季之

秋山明潔桂花開曾有人期過我來君且傳經休出
戶不將前語向君催

醉書

夜風夜雨當夜飲詩賦隨書驚四筵百年名字復何
有何如擲筆臥秋天

送來公子之京

錦帆弦管入神京漉酒攀梅來送行執手依依將不
去聊將尺素寫離情

紅樹

滿山紅葉付秋風兩鬢黃花擁醉翁醉眼朦朧認歸去門前有竹兩三叢

二

苧蘿山下紅樹齊浣紗溪上紅葉飛去飲苧蘿山下酒夜自浣紗溪上歸

三

山家星散栽烏桕九月盡頭處處紅南市賽神走谿女北郵煮酒留醉翁

四

醒看紅葉幾欲悲醉看不覺悲難支欲掩柴門眠不
得無端秋色撩人思

五

惱我頻年酒病侵經旬不飲作書淫今朝莫漫醒然
坐高士同來楓樹林

六

每愁有酒無紅樹及至紅時尊便空喜得醉歸酒未
了明朝剩有幾株紅

七

老渴今年二十七未有當筵不唱歌但使年年年如此

日隨他日月去如梭

八

九月廿五秋已老令人忽發少年愁醉眠白媪蓮鬚酒紅葉一堆身上投

九

霜螯琥珀莎薑紫捧出當鑪十五兒恨殺秋山紅樹酒獨無此事入新詩

十

起來凊氣寒心骨爛醉寒風帶葉吹拾得葉歸無好句寫將畫裏寄相思

畫梅與女德

風浪渡江來問我老梅一紙爲君觴終當過我乾溪
看萬樹籠人雪水香

寄毛師

師門久不問興居應愁兒童禮法疎已得蘇門稱學
士自宜淡薄坐吾廬

問毛師病

先生少飯臥花風却與高軒病不同應歎徵輸民力
盡邊烽又報失遼東

元宵雨

俗傳雨雪元宵節可卜中秋月亦無興味若佳逢好
客不勞風月酒能沽

二

新年雨雪飲高樓感歎因循易白頭燈市若過宜禁
酒開時應到五湖秋

三

平生嬾癖惟狂飲笑我酒徒自覺非不信明年還共
飲杏花開滿醉京畿

上詩師

羞將詩畫得虛名知我先生是百城此去萬峰千嶂

寒食其二

多時不到曲中飲艷句
於今絕不吟對酒但思當
日事定逢好夢答春心

裹藏修期不負先生

寒食

酌酒不妨疎勝朋花門窅窅兩三層自歌自舞還山
雀只論尊罍不論升

畫梅 下有帳上二字

性情孤冷與梅儔黃藹村西思築樓數載經營成不
得聊遣踈影到床頭

寄翁好堅

聞子文章法亦奇數年未得慰深思黃梅時節吾當
至載酒耶溪細讀之

曲中贈劉子迴范仲雍

五載錢塘臥暮秋曾期獻策到皇州不知何事風塵裏同狎紅裙上酒樓

安雪以扇乞畫戲題

生平喜爲美人畫每於畫時多一觴安雪擎樽開箑子更拂銀箏唱郝郎

春郊行

數盡梅花樸簌落春情已付秋千索嬌絃脆管何處多青驄照夜忙如昨

學士港

半年不到西湖住夢想西湖亦半年今到西湖住幾
日雨山山氣已秋天

寫蘇長公

寒烏下屋凍雲垂欲飲隣翁賦好詩酒盞不覺詩趣
減細摹蘇老曳節時

畫長公與恆如

愛寫圓通蘇子贍一年幾得兩三緣老僧乞請伽藍
去溪水山花白布簾

邀來髯

吾家新熟百花尊落葉空庭日半醺不越此時邀好

客梅花開日可邀君

十月山行

日煖風恬作小春春蟲無數試精神停車師子山頭路一樹棠梨半笑人

送十三叔之五河

舊年秋暮君送我今年秋暮我送君兩度離尊話殘月寒蛩唧唧竹根聞

朝秦暮楚豈生涯近日生涯莫過他看破死生安義命只消閑戶灌春花

年老惜春須及蚤眼明足健有心思青驄油辟非吾

分臨水登山吟好詩

空住苧蘿將兩月不逢西子澣谿紗打點今宵飛夢

去青藤屋底索團茶

寶綸堂集

暨陽陳洪綬章侯著

男字購輯

孫豸對讀

詞

鷓鴣詞四首

行不得也哥哥我也圖蘭不作坡無山無水不風波是非顛倒似飛梭飛不起可奈何行不得也哥哥

行不得也哥哥鳳雛龍種已無多敗鱗殘甲墮天河南陽市上鬼行歌飛不起可奈何行不得也哥哥

行不得也哥哥霜風夜剪向南柯老翁臥哭山之阿
翠鳥難脫虞人羅飛不起可柰何行不得也哥哥
行不得也哥哥華面鷗頭舞婆娑紫髯碧眼塞上歌
老年生日喜無多飛不起可柰何行不得也哥哥

點絳脣

酒病難辭海棠花雨重斟酒花緣依舊想起傳杯手
名字纔通便道相聞久紅亭後見家相候上馬分

紅豆

長相思

病起遲嬾起遲遲蜂子排衙叫午雞床頭改舊詞　趁

歸期辦歸期忽値精神恍惚時歸期定復移

訴衷情 東阪步還

春光半落甲兵中天子恨匆匆愧不書生戎馬一劍倚崆同 長中酒臥溪風海棠紅父書未讀事君無路轉眼成翁

卜筭子 寄伯雨兄

相逢皆老人相看皆消瘦問君還有百年歡醵飲梅庄否 望得上元來小令催椒酒纏頭百兩十三絃尋個傳花手

一剪梅 元旦

看看老大見新年怕見新年要見新年梅花夢裏接新年鷄喚新年鼓打新年　安排何事報新年易得新年難得新年不如善事報新年佛寫新年經寫新年

一剪梅 有懷西湖

仙宮無過是湖山人在湖山花在湖山泥人酤酒住湖山画幅湖山賦幅湖山　路逢風雪阻湖山不見湖山卻見湖山無多性命贈湖山愛個湖山恨個湖山

菩薩蠻 即景

今年不見梅花月黃昏喜見梅花雪三醆立寒風風廻小院中　敲氷洗古硯呵凍圖紈扇老樹點槎枒茅菴着幾家

南鄉子　寄懷蕙翁老伯

八十舊明經有了梅花無杖行鋤雪種梅人一個先生醉我山居酒數觥　又愛獵詩名墅水橫橋過便成兩扇雪牕鐙一琖深更勤課兒童讀易聲

菩薩蠻　西陵

去年愁向西陵去今年喜上西陵路一樣是西陵一年一種情　茆堂山水絕老景遊宜歇老友頗心憂

西陵且漫遊

又 歸途

冷落關河常悒怏雪珠撒得蓬兒响歸去酒腸寬看人行路難　蒼頭意不惡分與鷓鴣杓問我喜歡生明朝見友朋

又 將歸

異國老夫雖適意只依老友歸來是三十六封書書書意不殊　湖山留不住眞個成歸去異國有人親終爲淪落人

昭君怨 寄王紫眉

顛倒朱文絲字擺脱丹山碧水清福享多年病該纏
我撇西湖佳致歸埋東林舊事清福不曾沾病來
牽

其二

兩載湖山弄酒念念王家老友歸弄鑑湖船病多纏
兩日酒杯去口將息上元時候兩老自相憐將少
年

點絳唇

身在刀兵老夫六換新年紀有何道義得免刀兵死
難報親朋分屋分柴米窮生計陳言故紙還要從

新理

南柯子　新春二日舟行

春載耶溪棹老夫得意秋思量書畫放中流切莫説
吾三載戀杭州　紅袖來磨墨白人同倚樓老年羞
作少年遊掉頭撒手心想也都休

行香子

漢家宮闕映斜陽斷送九廻腸千秋霜草半軒落日
幾堵頹牆　有人勸我三杯酒明日又商量人生不
過題詩紈扇繫馬垂楊

如夢令

疎了宿花籠柳淵了詩人酒友風月與江山竟是誰家所有老叟老叟今日花朝知否一作閒者小桃疎柳淵也酒徒禪友

卜算子 乞花

無力買名花難向人家討画幅桃花仕女圖換了人家好　筆墨當金錢贈答將花草除了耶溪溪上人交易人家少

又

老去讀何書貝葉中間字如何博得大光明種個菩提子　晌午放条時還看些經史失教諸兒已有年今日教他始

又

牆角種芭蕉遮郤行人眼芭蕉能有幾多高不礙南山面　還種幾梧桐高出牆之半不礙南山半點兒成個深深院

又

雨雪病吳山禁酒吾能否若教病去酒來時何月何年有　岐伯一分春續命三分酒病死爭教醉死佳又是迎春候

賣花聲　干溪道上口占

小小讀書臺幾樹寒梅十分郤有三二分開開到歸來

燈節後落盡蓍苔 草草出門茶又戀殘杯不曾分付老丁培若使雪風狠籍了也是花災

長相思 留别諸君

一重山一重水有甚别離情思開扇面展屏風丹青都是儂 杭州客并州兒吳越兩山相望葺母發豆娘飛望儂還澵西

菩薩蠻 課兒子鹿頭羔羊虎賁

雪裡三餐雖不足破書一卷教兒讀不得說饑虛晴和始讀書 梅花三十樹一半飄殘去要看未殘花讀書消受他

如夢令

山水緣猶未斷朝暮定香橋畔君去蚤來時看得芙蓉一半青盼青盼乞與老蓮作伴

南鄉子

湖上戀多年剩水殘山更可憐重過主人呼燕燕春天猿餡鶡絃館老蓮　生日桂叢前白石青松鬪此言歸路紅巾騎白馬閒錢置我西泠一釣船

菩薩蠻

秋風燥燥飄梧葉博山鑪裏沉香爇綠綺手中彈揮絃白雪寒　明珠聲一串變作英娥怨風雨暗瀟湘

哀音應指長

又

小姑居處朱樓起烏啼聲隱楊花裏香氣出羅衣能留蝴蝶飛　遠山青可見繡領遮團扇小立看鴛鴦心憐浴故雙

如夢令

飄笠春行無幾望斷桃花流水徹夜雨潺潺到天明晴矣夢喜夢喜又是花朝晴起

卷之十

[illegible]

寶綸堂集刻成象復得與讐挍之役撫卷悚然繼以潸然者何也蓋自愧為人子多矣先君遺文久淹篋笥以貧且賤不克授梓故耳因憶髫年客遊浙中捧讀楚辭見卷首叙述並繪屈子行吟圖次第抽毫檃括殆盡是

章侯陳先生筆傳布海內亦志屈子之所志也頻見大幅小幀種種臻妙人共寶之其銘贊簡潔脫胎經史書法遒勁借骨顏柳豈僅以文章翰墨見長哉今癸未暮春金陵寓次幸會　無名長者把臂如平生歡造廬報謁瞻拜

尊公遺照得讀藏文乃知忠孝大節反為才名所掩如晉之右軍唐之魯公者非歟噫先生有德有言自足不朽顧生平著作兵燹散失賴孝子賢孫不惜書畫藏玩從四方購求方得雜著詩文二帙間有有詩無題者悉獲之僧寮道院亟為鈔錄先付剞劂仍竢徧求遺稿以成全集吁長者苦心其真人子也歟象復讀竟滋戚矣新安後學程象復拜手謹跋